★唐宋八大家名篇注译

苏轼散文

〔宋〕苏轼 著　胡欢 主编

黄河出版传媒集团
阳光出版社

图书在版编目（CIP）数据

苏轼散文 / 胡欢主编. —— 银川：阳光出版社，2016.8（2024.1 重印）

（唐宋八大家名篇注译）

ISBN 978-7-5525-2929-6

Ⅰ.①苏… Ⅱ.①胡… Ⅲ.①苏轼（1036-1101）–古典散文–文学欣赏 Ⅳ.①I207.62

中国版本图书馆CIP数据核字(2016)第213771号

唐宋八大家名篇注译　苏轼散文　　〔宋〕苏轼 著　胡欢 主编

责任编辑　金小燕
封面设计　民谐文化
责任印制　岳建宁

黄河出版传媒集团 阳光出版社 出版发行

地　　址	宁夏银川市北京东路139号出版大厦（750001）
网　　址	http://www.ygchbs.com
网上书店	http://shop129132959.taobao.com
电子信箱	yangguangchubanshe@163.com
邮购电话	0951-5047283
经　　销	全国新华书店
印刷装订	永清县晔盛亚胶印有限公司
印刷委托书号	（宁）0027500

开　　本	710 mm × 1000 mm　1/16
印　　张	8
字　　数	96千字
版　　次	2016年8月第1版
印　　次	2024年1月第2次印刷
书　　号	ISBN 978-7-5525-2929-6
定　　价	28.80元

版权所有　翻印必究

前　言

唐宋八大家是指唐、宋两代八位著名的散文作家，他们分别是唐代的韩愈、柳宗元和宋代的欧阳修、苏洵、苏轼、苏辙、王安石、曾巩。因明代散文家茅坤收录了这八家的作品，辑为《唐宋八大家文钞》，"唐宋八大家"的名称从此便流传于世。

唐宋八大家散文在我国文学发展史上占有重要地位。它继承先秦两汉散文的优良传统，反对六朝以来的骈俪文风，发展并完善了古代散文的各种文体，影响了元、明、清各代散文创作，对当代散文创作也有重要的借鉴意义。

为了满足读者的阅读需要，让读者更好地理解唐宋八大家的作品，我们特编写了这套丛书。在选材上，我们选取的大多是能够代表唐宋八大家文学成就的散文精品。在内容安排上，每篇作品均配有"题解""注释""译文"。"题解"开宗明义，主要介绍作品的写作背景、主旨；"注释"翔实准确，以便帮助读者扫除文字障碍；"译文"通俗流畅，以直译为主，直译与意译结合，尽量做到逐字逐句，一一对应。

相信通过阅读此套丛书,能够帮助读者提高阅读古文的能力和欣赏古文的水平。由于所选多为名篇,部分已收入中学教材,对学生阅读、理解古文也有裨益。同时,真诚地希望广大读者对书中的纰漏和不妥之处提出批评和指正。

目 录

苏轼和他的散文 ………………………………………… 1
刑赏忠厚之至论 ………………………………………… 6
决 壅 蔽 ………………………………………………… 11
教 战 守 策 ……………………………………………… 17
留 侯 论 ………………………………………………… 22
贾 谊 论 ………………………………………………… 26
晁 错 论 ………………………………………………… 31
乞校正陆贽奏议进御劄子 ……………………………… 35
前 赤 壁 赋 ……………………………………………… 39
后 赤 壁 赋 ……………………………………………… 44
黠 鼠 赋 ………………………………………………… 47
浊醪有妙理赋 …………………………………………… 50
喜 雨 亭 记 ……………………………………………… 56
凌 虚 台 记 ……………………………………………… 59
文与可画筼筜谷偃竹记 ………………………………… 63

超然台记 …………………………………………… 68
放鹤亭记 …………………………………………… 72
记承天寺夜游 ……………………………………… 76
记游定惠院 ………………………………………… 78
李君山房藏书记 …………………………………… 81
祭欧阳文忠公文 …………………………………… 85
王安石赠太傅 ……………………………………… 88
潮州韩文公庙碑 …………………………………… 91
三槐堂铭 …………………………………………… 98
范文正公集叙 ……………………………………… 103
江行唱和集叙 ……………………………………… 108
书蒲永升画后 ……………………………………… 110
书吴道子画后 ……………………………………… 114
方山子传 …………………………………………… 116
上梅直讲书 ………………………………………… 119

苏轼和他的散文

苏轼,字子瞻,一字和仲,号东坡居士,眉州(今四川省眉山县)人,生于宋仁宗(赵祯)景祐三年(1036年),卒于宋徽宗(赵佶)建中靖国元年(1101年),享年66岁。

苏轼是中国文学史上杰出的、多面的作家,也是北宋成就最高、影响最大的作家之一。在散文方面,他是"唐宋八大家"之一,诗是北宋最大家,词是豪迈一派的开派者。从他最早的一篇文章《刑赏忠厚之至论》(1057年)算起,他度过了长达四十多年的创作生涯,为我们留下2700多首诗,300多首词,以及为数众多的散文作品。

宋代的散文运动继承着唐代韩愈"载道""振衰"的传统,欧阳修是其中的领袖人物,苏轼是欧阳修的追随者。一方面他继承发扬了欧阳修的观点,赞成"为文必与道俱",要"言必中当时之过""文章的华采为末,而以体用为本""辞至于达,足矣"。坚决反对宋初以来的"求深""务奇"倾向。但苏轼的散文风格又不同于韩、欧。他说:"吾文如万斛泉源不择地而出,当行于其所当行。常止于不可不止。"他这种观点表现在他的散文风格的平易自然。他的议论好标新立异,明快犀利,富有吸引力;他的记叙文绘声绘色,摇曳多姿,充满诗意美。他不用难字,不堆砌词藻,文字晓畅、疏放,而又波起浪伏,挥洒自如,有如行云流水。这些就不是韩、欧之所长了。

苏轼在嘉祐二年(1057年)中进士第,后任凤翔府签判五年,熙宁二年在京任判官告院兼判尚书祠部,因与王安石政见不合,自己要求到外地任职。熙宁四年任杭州通判三年,又先后任密州、徐州、湖州知州。元丰二年(1079年)御史李定、舒亶、何正臣等人专门摘录苏轼的诗句,控告他讽刺当时的政策,愚弄皇帝。八月十八日苏轼被捕进了御史台监狱(即"乌台诗案"),十一月结案,十二月贬为黄州团练副使。他在黄州住了四年多时间,直到哲宗(赵煦)即位,高太后听政后(1086年)任翰林学士兼侍读,因他不赞成司马光等人排斥"新党"、废除"新法"的做法,又自求外任。熙宁四年任龙图阁学士的苏轼又出任杭州,先后知颍州、郓州、扬州。又以端明殿翰林侍读双重学士的身份知定州。绍圣元年(1094年)哲宗亲政,"新党"再度上台,尽逐"元祐党人"。苏轼一年被一降再降,后来被贬到惠州,绍圣四年再贬为琼州别驾,渡海到昌化军安置;同时,凡是同苏轼关系密切的如苏辙、黄庭坚、秦观、晁补之、张耒等人,都被看成苏轼党人,通通受到贬谪。元符三年(1100年)徽宗即位,苏轼以恩赦北归,定居常州,第二年就在常州逝世了。

苏轼一生经历了北宋仁宗、英宗、神宗、哲宗、徽宗五个朝代。这是北宋积贫积弱的局势逐渐形成,社会危机急剧发展的时代,也是统治阶级内部政局反复多变、党争此起彼伏的时代。苏轼卷入了这种动荡不已的政治旋涡,他的一生也就走着坎坷不平的生活道路。除了刚刚考取进士,初入仕途时期外,他经历了两次在京任职,两次自己要求外任,两次受祸被贬。他的这种几起几落的生活遭遇,造成他复杂矛盾的思想成分,对他的创作也不能不产生巨大的影响。

在宋代儒释道三教合一成为思想界的一般潮流,苏轼对此当然也不可能例外。但随着他在生活道路上的起落变化,他思想中的儒佛道三种思想经常相互渗透,不断地发生消长变化。有时他站在儒家治世角度,认为佛老思想是一种销蚀剂,指责士大夫们以佛老为圣人的风气;有时却又认为佛理高于儒学。儒家入世,佛家超世,道家避世,三者本来是矛盾的,而苏轼却以"外儒内道"的形式将其统一了起来。结合他的生活变化,具体表现为任职时期以儒家思想为主,贬谪时期,则以佛老思想为主。这也许和儒家的"穷则独善其身,达则兼善天下"思想是相通的吧!

苏轼的散文代表北宋古文运动的最高成就。行云流水般的活泼是他的散文的最显著特色。

苏轼散文中的政论和史论,同他的政治生活有着密切联系。他初入仕途时,怀着"奋厉有当世志"的宏大抱负,力图干一番经世济时的事业。是一副舍身报国、积极进取、风节凛然的儒者面目。反映在诗文创作上,是写了不少反映现实,表现出他确有见识的优秀篇章。如《进策》二十五篇和《思治论》等就是一批充满政治革新精神的政论文章。如《思治论》提出了应"深计远虑,割爱为民",要求革除"三患";《决壅蔽》深刻揭露了"贿赂风行,民情壅塞"的腐败现象。虽然在他的早期作品中,但他那清雄豪健的论辩和汪洋恣肆的文风,都已经有了他的个人创作特色。

苏轼的两次任职期,都包括了在朝任职和自己要求外任的两个阶段。前一次是在熙宁时代与王安石变法的矛盾,后一次则是元祐时代同司马光、程颐等反对改革的"旧派"在是否彻底废除"新法"上的论争。在朝任职时,他的注意中心不能不是这些政治上的动荡和斗争,因此,在创作上,除了一些应制之作,总的数量就相对的要少些。即使当他为了躲开政治斗争漩涡而要求外任时,也并未改变其为民求活的初衷,如在密州组织百姓抗蝗救灾;在杭州兴修西湖堤坝(后人称之为"苏堤"是西湖胜景之一)等,都是他有名的政绩。由于生活面的扩大,不仅增加了他对各地的风土人情的了解,更加深了对人民生活苦难的实际感受。因此写作的数量比在朝任职时期要多得多,并且名篇佳作也不少。

包括在朝和外任两部分的整个任职时期,苏轼的散文着重在议论文(政论和史论)和记叙文(为了立碑勒石的亭台楼记)两类,大都带有应用文性质,但仍有很高的文学价值。

苏轼不空谈学理,他在《留侯论》《贾谊论》《晁错论》等一批著名的史论中,说古论今,从史料中翻出新观点,深入剖析,提出自己的独到看法,具有较强的说服力。苏轼赞同和主张诗、文皆"有为而作"。他的记叙文往往借着纪事或纪游,反映出与国计民生有关的一些社会问题,或寄寓着某种人生哲理,或体现个人的政治思想和生活态度,如《喜雨亭记》由亭引出雨,由雨写到喜,表达了他关心农民耕作,与民同乐的心情。其他如《石钟山记》《凌虚台记》《超然台记》等,都写得活泼有致,妙趣横生;他往往在文中凭借一些物事,抒发一通议论,把写景,抒情和议论紧密结合起来融为一体。这些都是传诵一时的名篇。

元丰年间贬谪黄州,绍圣、元符年间贬谪惠州、琼州,这两个前后共达十多年的贬谪时期,是苏轼创作上的变化期,也是丰收期。

震惊朝野的"乌台诗案"是苏轼生活旅程中的重大转折点,从此他开始了四年的黄州谪居生活。沉重的政治打击以及随之而来的经济困窘,对他的社会认识和人生态度产生了深刻影响,反映在创作上他的思想感情以及诗文风格都有明显的变化。

苏轼初到黄州似乎对贬逐生活还能淡然处之,但政治处境和生活困难使他产生的那种天涯沦落的悲苦孤寂情绪与日俱增,于是他排遣苦闷的办法就是倾心于道家的养生术。他的一批名作如《前赤壁赋》《后赤壁赋》等大都写得旷达超世。这个时期的作品尽管交织着旷达和悲苦,消沉和豪迈的复杂情绪,但超然物外、随缘自适的佛老思想仍是它的基调。但这并不意味着他已完全沉溺在佛老的教义中了,而只是吸取其观察事物的办法,用以保持达观的处世态度,保持对人生和美好事物的执着追求。

这个时期的散文着重抒情性,将抒情与叙事、写景、说理高度地结合起来。出现了文学散文或文学性散文,其中尤以散文赋、随笔、书简等的成就最高。前后《赤壁赋》把诗情画意和政治失意的情怀融为一体,体现了他豁达开朗的生活态度。近千年来以其巨大的艺术魅力脍炙人口,历久不衰。

苏轼的书札、序跋、杂著等随笔和杂文,在他的散文中占重要地位。他在书札中,常常坦露真情,毫不拘谨,从中可以看出他的襟怀和性格。苏轼博通诗文书画,在题记序跋中,表现了他对各类艺术的真知灼见。他在杂著中留下他的许多治学心得,如《日喻》《稼说》等文,他总是能够譬喻恰切,深入浅出地说出自己的见解,行文生动具体,并且富有哲理,不仅很能引人入胜,还能给人以启迪。他还有数量众多的书简,似乎都是毫不经意、随手拈来的。这种追求自由表达的倾向,在后来他贬居琼州时期,得到进一步的发展。

惠州、琼州的贬谪生活,使苏轼的佛老思想比第一次贬在黄州时有进一步发展,虽然他仍然是从自我解脱、排遣苦闷的角度去汲取佛老思想,是借某些佛理作为老境的消遣而已。如果说黄州时期还常常表现出某种豁达的豪气,以及不时流露出的对受贬谪的不平怨气,那么贬居惠州、琼州时期,随着渐近老年,对佛老习染更深,因而表现为胸中已经没有什么疙瘩和牵挂了,一切顺其自然的精神境界。苏轼这个时期的创作和贬谪黄州时期既有共通的地方,也有其进入晚年的特点。除了对人生的感慨外,他从佛老思想寻求精神支柱,虽处逆境而仍旧热爱生活,并从日常生活中发掘它的情趣和诗意。《浊醪有妙理赋》就已经很少有如像过去对刘伶、阮籍等酒中隐士的那份欣羡之情思了。由于生活和人生态度的变化,他在艺术上崇尚"平淡自然",把过去曾经推重杜甫为古今诗人之首,转而推崇陶渊明压倒了一切诗人。

刑赏忠厚之至论

【题解】

这篇文章是苏轼在嘉祐二年(1057年)考礼部进士时的论文。欧阳修主考见到这篇文章非常高兴,说:"此我辈人也。"苏轼在他的《上梅龙图书》中清楚地说:"轼长于草野,不学时文,词语甚朴,无所藻饰。意者执事欲抑浮剽之文,故宁取此以矫其弊。"说明这篇文章之所以受到重视,不仅因为文章写得圆熟流美,并且议论也极为有理,很有说服力,非常符合北宋新古文运动的要求。

这篇文章以忠厚之至贯串全篇,从疑字着笔,结论则是一个仁字。

文章一开头从爱民忧民出发,由赏善和罚不善引起"赏疑从与""罚疑从去""罪疑惟轻""功疑惟重"的观点,赏罚的去与是为了谨刑,功罪的轻重在于免杀无辜,这就是疑的本意。最后提出:"疑则举而归之于仁""以君子长者之道待天下,使天下相率而归于君子长者之道",这就是刑赏忠厚之至的根本目的。

文章结构严谨围绕同一个主题,引经据典,反复论证,对每段引述的事,都给予婉言警语,文势悠扬起伏,笔力犀利雄健,在北宋的古文运动中起到扫荡廓清的作用。

【原文】

尧舜禹汤文武成康[1]之际,何其爱民之深,忧民之切,而待天下之以君子长者之道也。有一善,从而赏之,又从而咏歌嗟叹之;所以乐其始,而勉其终。有一不善,从而罚之,又从而哀矜惩创[2]之;所以弃其旧,而开其新。故其呼俞之声,欢忻惨戚,见于虞夏商周之书[3]。

成康既没,穆王立,而周道始衰,然犹命其臣吕侯而告以祥刑[4]。其言忧而不伤,威而不怒,慈爱而能断,恻然有哀怜无辜[5]之心,故孔子犹有取焉。《传》曰:"赏疑从与,所以广恩也;罚疑[6]从去,所以谨刑也。"

当尧之时,皋陶[7]为士。将杀人,皋陶曰:"杀之",三。尧曰:"宥之",三[8]。故天下畏皋陶执法之坚,而乐尧用刑之宽。四岳曰:"鲧[9]可用。"尧曰:"不可,鲧方命圮族[10]。"既而曰:"试之。"何尧之不听皋陶之杀人,而从四岳之用鲧也?然则圣人之意,盖亦可见矣。《书》曰:"罪疑惟轻,功疑惟重。与其杀不辜,宁失不经[11]。"呜呼!尽之矣!

可以赏,可以无赏,赏之过乎仁;可以罚,可以无罚,罚之过乎义。过乎仁,不失为君子;过乎义,则流而入于忍人[12]。故仁可过也,义不可过也。古者赏不以爵禄,刑不以刀锯。赏以爵禄,是赏之道行于爵禄之所加,而不行于爵禄之所以不加也。刑以刀锯,是刑之威施于刀锯之所及,而不施于刀锯之所不及也[13]。先王知天下之善不胜赏,而爵禄不足以劝也;知天下之恶不胜刑,而刀锯不足以裁也。是故疑则举而归之于仁。以君子长者之道待天下,使天下相率而归于君子长者之道;故曰:忠厚之至也!

《诗》曰:"君子如祉,乱庶遄已,君子如怒,乱庶遄沮[14]。"夫君子之已乱,岂有异术哉?制[15]其喜怒、而不失乎仁而已矣!《春秋》之义,立法贵严,而责人贵宽。因其褒贬之义,以制赏罚,亦忠厚之至也!

【注释】

[1]成康:即周成王、周康王。[2]长者:为人忠厚、德行很好的人。哀矜:怜悯。惩创:惩治警戒。[3]吁:表示不以为然的叹声。俞:表示赞许、应允的声音。欢忻:欢欣、心

喜。惨戚：悲伤、凄戚。虞夏商周之书：指《尚书》中的《舜典》《大禹谟》《汤诰》《武成》等。[4]穆王：即周穆王姬满，周昭王姬瑕之子。吕侯：周穆王的臣子，又称甫侯，任司寇之职。祥刑：即善于使用刑罚。[5]恻然：悲痛的样子。无辜：指无罪的人。[6]传：解说经义的文字，指孔安国给《尚书·大禹谟》"罪疑惟轻，功疑惟重"作的传注。赏疑：对该赏赐的人宁可从厚，表示广恩。罚疑：对该惩罚的人宁可从轻处理，表示慎重用刑。[7]皋陶：姓偃，是舜的臣子，是掌管刑法的官员。苏轼误认为是尧的臣子。[8]三：多次。宥：饶恕的意思。《老学庵笔记》卷八："东坡先生省试《刑赏忠厚之至论》有云：'皋陶为士，将杀人，皋陶曰杀人，三。尧曰宥之，三。'梅圣俞为小试官，得之以示欧阳公。公曰：'此出何书'？圣俞曰：'何需出处！'公以为皆偶忘之，然亦大称叹。初欲以为魁，终以此不果。及揭榜，见东坡姓名，始谓圣俞曰：'此郎必有所据，更恨吾辈不能记耳。'及揭谢，首问之，东坡亦对曰：'何需出处。'乃与圣俞语合。公赏其豪迈，太息不已。"杨万里《诚斋诗话》记欧阳修问苏轼："皋陶曰：'杀之'，三。尧曰：'宥之'三。此见何书？"坡曰：'事在《三国志·孔融传》注。'欧退而阅之无有。他日再问坡，坡云：'曹操灭袁绍，以袁熙妻赐其子丕。'孔融曰：'昔武王伐纣，以妲己赐周公。操惊问何经见？'融：以今日之事观之，意其如此。尧、皋陶之事，某亦意其如此。欧退而大惊曰：'此人可谓善读书、善用书，他日文章必独步天下。'"[9]四岳：四方诸侯之长。实为上方部落的首领。鲧：帝禹的父亲，被四岳推举出来，奉尧的命令治理水患。没有成功，被尧杀死在羽山。[10]鲧方命圮族：鲧违抗命令残害同族。[11]杀不辜：杀死无罪的人。不经：不合乎常规。[12]忍人：即残忍的人。[13]"赏以爵禄"三句：是说赏赐的作用只限于得到爵禄的范围之内。"刑以刀锯"三句：是说刑罚的威力只能影响使用过刀锯的范围之内。[14]乱庶遄沮：《诗经·小雅·巧言》："君子如怒，乱庶遄沮；君子如祉，乱庶遄已。"意思是如果君子喜欢采纳贤人之言，怒斥小人的诽谤谗言，乱事就可以停止了。[15]制：控制。

【译文】

在唐尧、虞舜、夏禹、商汤以及周朝的文王、武王、成王、康王这些圣君明主的时代，是那么深切地爱护人民和关怀人民，是用诚挚高尚的出自长辈关爱的方法来对待天下人民。只要做了一点好事就因此而奖赏他，并且还要颂扬他、赞美他；欢迎他有好的起点，鼓励他努力做到善始善终。只要做了一件坏事，就因此而处罚他，既要怜悯他，又要惩戒他；要他抛弃改正原来的错误，走新的道路，重新做人。所以或惊叹或赞许的声音，或欢欣鼓舞或悲惨哀戚的感情，都能从《尚书》中的《舜典》《大禹谟》《汤诰》《武成》这些篇章中表现出来。

周成王、周康王逝世后,周穆王继位,周朝的朝政开始衰败,但穆王还命令他的大臣吕侯研究夏禹的赎刑方法,制定《吕刑》,布告天下,告诫他要善于使用刑法。他的话充满忧虑但并不伤感,充满威严但并非怒气冲冲,他对有罪的人显得慈爱而又能果断处理,对无罪无辜的人抱着同情哀怜的心情。所以孔子对他仍然有所肯定。孔安国在他给《尚书·大禹谟》的传注中说:"对有疑问的奖赏,应该给予,这样做是为了扩大恩赐的范围;对有疑问的惩罚,应该去掉惩罚,这样做是以谨慎的态度执行刑法。"

在唐尧时代,皋陶当法官。有一次准备杀一个人。皋陶再三表示应该杀掉这个人,唐尧却再三地饶恕了他。因此老百姓都害怕皋陶执法的严厉坚决,欢迎唐尧量刑时的宽大。四岳举荐治水的人,说:"鲧这个人可以任用。"唐尧却反对说:"不能任用,鲧这个人会因违抗命令而毁掉他同族的人。"后来唐尧又说:"好吧,让他试试看。"为什么唐尧不听从皋陶杀掉那个人的意见,却听从了四岳的建议错误地任用鲧去治水呢?我们从这里可清楚地看到圣人的心意。《尚书》上说:"对有怀疑的罪犯,处理时应该从轻发落,对有怀疑的功绩,在奖励时应该选择从重奖励。与其在没弄清楚之前杀掉一个无罪的人,宁可不按常规而从轻发落。唉,这就把刑赏忠厚之至的道理说得十分透彻了!

介乎可以奖励与不应该奖励之间的,奖励了就超过了仁爱的界限;介乎可以惩罚和不应该惩罚之间的,惩罚了就超过了合宜的标准。奖赏超过界限还影响不了一个正人君子的身份,惩罚超过合宜的标准,就会成为一个残忍的人。所以说仁爱的界限可以超过,合宜的标准就不能超越。古代不用爵位俸禄作为奖赏,不用刀锯来施惩罚。用爵位俸禄来作为赏赐,那么奖赏所产生的积极作用只能在得到爵禄的人的范围内,而无法影响到得不到爵禄赏赐的人。对犯罪的人施用刀锯刑罚,刑罚所起的惩戒作用只限制在直接承受刀锯刑罚的人身上,其威慑力也施展不到没有受到刀锯刑罚的人身上。古代帝王们懂得,天下的好人好事是奖赏不完的,所以把爵位俸禄奖赏他们是起不了勉励作用的;同时也懂得天下的坏人坏事是无法都进行惩罚的,所以刀锯刑法是无法制止所有的犯罪的。因此对于有怀疑的奖赏或者惩罚,都应该采取仁爱宽厚的态度。用诚信、高尚的出于长辈的关爱态度和方法来对待天下人民,使人民都相互影响地跟着做诚信、高尚的人。古代王们的刑赏观点真是忠厚到了极点了！

《诗经》上说："君子如果喜欢采纳贤人们所说的话，怒斥小人们的谗言诽谤，乱事就可以停止了。"君子平息乱子，难道有什么奇怪的办法吗？就是善于控制住自己的喜怒好恶情绪，总是不迷失仁爱宽厚的原则罢了！《春秋》的主张是，立法时应该严格，但对人执法时则应该从宽。按照这样的褒扬和贬谪的原则来掌拨赏罚标准，也是忠厚到了极点啦！

决壅蔽

【题解】

嘉祐六年(1061年)苏轼应制科考试时,曾进策论二十五篇,大多是劝宋仁宗励精图治,督促考察百官,采取一些果断的行为措施。本文就是这一组系统政论文章中的一篇,列为其中"课百官"问题的第三篇。

苏轼在这篇文章中阐明他的政治理想的一个重要方面,就是应当使"下情及时上达",上令能做到"令行禁止",即使"百官之众,四海之广",也要"使其关系脉理,相通为一"。在提出要做到上下相通如一的同时,苏轼既指出了汉唐政治上的弊端在于"小人以无法为奸",又尖锐批评宋代出现的"小人以法为奸"现象。因此进一步提出了"省事"和"厉精"的主张。省事就是应精简中央官署的事务,加强各级职能部位的责任,随时加以督促监察;励精就是要求各级官员振作精神勤于政务,并且要自上而下作出表率。文章从理想与现实,历史与现状的对比分析中说明问题,针砭时弊,具有很强的说服力。

【原文】

所贵乎朝廷清明而天下治平者,何也?天下不诉而无冤,不谒而得其所欲[1],此尧舜之盛也。其次不能无诉,诉而必见察;不能无谒,谒而必见省[2]。使远方之贱吏,不知朝廷之高;而一介之小民,不识官府之难[3];而后天下治。今夫一人之身,有一心两手而已,疾痛苛痒,动于百体[4]之中,虽其甚微不足以为患,而手随至。夫手之至,岂其一一而听之心哉?心之所以素爱其身者深,而手之所以素听于心者熟,是故不待使令而卒然以自至[5]。圣人之治天下,亦如此而已。百官之众,四海之广,使其关节脉理[6],相通为一。叩之而必闻,触之而必应。夫是以天下可使为一身,天子之贵,士民之贱,可使相爱。忧患可使同,缓急可使救。

今也不然,天下有不幸,而诉其冤,如诉之于天。有不得已,而谒其所欲,如谒之于鬼神。公卿大臣不能究其详悉,而付之于胥吏[7]。故凡贿赂先至者,朝请而夕得[8];徒手[9]而来者,终年而不获。至于故常之事[10],人之所当得而无疑者,莫不务为留滞,以待请属[11],举天下一毫之事,非金钱无以行之。

昔者汉唐之弊,患法不明,而用之不密,使吏得以空虚无据之法而绳[12]天下,故小人以无法为奸[13]。今也法令明具[14],而用之至密,举天下惟法之知。所欲排者,有小不如法,而可指以为瑕[15]。所欲与者,虽有所乖戾,而可借法以为解[16]。故小人以法为奸。今天下所为多事者,岂事之诚多耶?吏欲有所鬻而不得[17],则新故相仍,纷然则不决,此王化之所以壅遏[18]而不行也。

昔桓文[19]之霸,百官承职,不待教令而办。四方之宾至[20],不求有司。王猛[21]之治秦,事至纤悉,莫不尽举,而人不以为烦。盖史之所记:麻思还冀州,请于猛[22],猛曰:"速装,行矣。"至暮而符下,及出关,郡县皆已被符[23]。其令行禁止而无留事者[24],至于纤悉,莫不皆然。苻坚以戎狄之种至为霸王[25],兵强国富,垂及升平者,猛之所为,固宜其然也。

今天下治安,大吏奉法,不敢顾私,而府史之属招权鬻法[26],长吏心知而不问,以为当然。此其弊有二而已:事繁而官不勤,故权在胥吏。欲去其弊也,莫如省事而厉精[27]。省事莫如任人,厉精莫如自上率之。

今之所谓至繁,天下之事,关于其中,诉者之多,而谒者之众,莫如中书与三司[28]。天下之事,分于百官,而中书听其治要[29]。郡县钱币制于转运使[30],而三司受其会计。此宜若不至繁多,然中书不待奏课以定黜陟,而关与其事,则是不任有司[31]也。三司之吏,推析赢虚,至于毫毛[32],以绳郡县,则是不任转运也。故曰省事莫如任人。古之圣王爱日以求治,辨色而视朝[33],苟少安焉而至于日出,则终日为之不给[34]。以少而言之,一日而废一事,一月则可知也,一岁,则事之积者不可胜数也。故欲事之无繁,则必劳于始而逸于终。晨兴而晏罢[35],天子未退,则宰相不敢归安于私第;宰相日昃[36]而不退,则百官莫不震悚[37]尽力于王事,而不敢宴游。如此,则纤悉隐微,莫不举矣。天子求治之勤,过于先王[38],而议者不称王季之晏朝,而称舜之无为[39]。不论文王之日昃,而论始皇之量书[40],此何以率天下怠耶[41]?臣故曰:厉精莫如自上率之,则壅蔽决矣。

【注释】

　　[1]不谒而得所欲:不用向上反映就能得到解决。谒,指向上级申诉问题。[2]谒而必见省:经过申诉得到官府的了解。省,明察。[3]一介:一个。不识官府之难:是说不感到谒见官府困难。[4]苛:同"疴",疥疮。百体:指身体的各个器官。[5]不待使令而卒然以自至:是说四肢灵活、关节畅通,身体的某处有痒痛,两手会自动保护。卒然,同"猝然"。[6]脉理:指脉络。[7]付之于胥吏:所事情推给下面去办理。胥吏,封建官府中的衙差小吏。[8]朝请而夕得:指办理得很快。[9]徒手:空手。指不行贿赂。[10]故常之事:按常规应该办理的事情。[11]留滞:留难不予办理。以待请属:等待别人来打通关节。[12]绳:约束。[13]以无法为奸:利用法律的不周密而为非作歹。[14]明具:详细完备。[15]"所欲排者"三句:是说对于所要排斥的人,稍有离法就可以抓住毛病。[16]"所欲与者"三句:是说对于有关系的人,即使违法但却可以为之解脱。[17]吏欲有所鬻而不得:官吏想卖法贪贿,但尚未达到目的。[18]王化:是官府的政令。壅遏:即堵塞。[19]桓文:即齐桓公、晋文公。二人都是春秋时的霸主。[20]至:到。[21]王猛:字景略,前秦国主苻坚的丞相,治国果断立行而又有方略。[22]麻思还冀州:据《晋书·王猛传》:麻思流寄关右(函谷关以西地区),因母死请假回冀州,王猛批准他立刻动身,当天晚上就签发有关的通知。说明王猛主持政事,官署办事的效能很高。[23]被符:接到官府的公文。[24]令行禁止:形容政令很有威信,命令叫办的事立刻就办,禁止办的事就马上停止。[25]纤悉:即使很小的事,亦是全部马上办理。纤,细小。苻坚:前秦的国主,属于氐族,

所以说是"戎狄之神"。据说王猛辅佐苻坚时,"无罪而不刑,无才而不任",兵强国富,境内太平。[26]招权鬻法:弄权卖法。[27]省事:精简中央官署的事务。厉精:振作精神勤于政务。[28]中书:中书省,也叫政事堂,封建时代中央官署的名称。三司:指盐铁、度支、户部三司,总管国家的财赋。[29]听其治要:了解和处理治国的大事和要务。[30]转运使:宋时朝廷特命的路一级的常设官员。主管所属州郡水陆运转和财政税收。[31]黜:降职或罢免。陟:登高、上升。不任有司:指中书省不等有关方面的申奏考核而直接决定官员的升降,这是不信任常设的官员。[32]推析:推算。至于毫毛:是说三司对各路财赋管得太细太死。[33]爱日:即爱惜光阴。辨色而视朝:天刚黎明就上朝听政。[34]不给:指时间不充裕。[35]晏罢:晚罢朝。[36]日昃:太阳偏西。[37]震悚:震动警惧,不敢怠慢。[38]过于先王:这是恭维宋仁宗的话。[39]王季:名季历,其子文王承继其传统。《史记·周本纪》:"日中不暇食而待士。"舜:指舜。《论语·卫灵公》说:"无为而治者,其舜也欤?"[40]量书:用秤称文件,秦时文字写在竹简上,秦始皇每天要阅几百斤文件。《史记·秦始皇本纪》载,始皇定天下后,"天下之事无大小皆决于上,上至以衡(秤)石(一百二十斤)量书"。[41]率天下怠耶:为什么偏偏提倡怠惰呢?

【译文】

要实现可贵的国家政治清明和社会安全稳定,衡量它的标准是怎样的呢?如果能做到全国人民既不向上申诉又不存在冤枉的事情;人民不向政府提出请求,他们的问题就能得到解决,需要就能得到满足,这就是人们所赞颂的唐尧虞舜时代那样的盛世。稍次一点的是人民不可能没有申诉,但所有的申诉的事能得到官府的正确处理;人民不是没有请求,而是这些请求能得到及时合理的解决。要让身居边远地区的最低级的小小公务人员,也不觉得中央王朝对他们是高不可攀的;一般平民百姓也不感到见官府是什么困难的事,实现了这些,就能政治清明、天下太平。好像一个人的身体,有一颗心和两只手,不论在身体的哪个部位,发生了病痛或者疮痒,哪怕是无足轻重的小毛病,人的双手随时会伸到发生痛痒的部位。而手要伸到哪里,岂能是每一个活动都要由心来指挥左右呢?人的心平常都深深地关爱着身体的各个部位,而人的手平常都很熟习的受到心的指挥左右,因此身体某处发生痛痒,双手就会很自然而迅速地伸到痛痒部位进行防卫或保护。圣明的君王治理天下也同样是这个道理。一个国家的官吏很多,治理的地方又很大,必须使全国就像人的身体那样各个关节、全身脉络都畅通无阻,浑然一体。不管在哪个地方（部位）敲打一下，作为神经中枢的中央朝廷就要知道，触动了某个部位，全身就必然要起反应。所以把天下看成人的身体，那么尊贵的皇帝和低贱的平民百姓不过是身体的不同部位，就可以互相关爱，发生了病痛就会共同担忧，有了紧急情况也会互相救援保护。

现在的情况却不是这样，社会上发生了不幸事件，需要申诉冤屈，就像是对老天申诉，得不到回应；有万不得已的事情，需要依求官府解决，就像在求鬼神，没有个结果。身居高位的公卿大臣不去仔细探究详情，而把事情推给下属去办理。因此，凡是贿赂先送到的，早晨的申诉当天晚上就可以解决；而那些空着手来申诉的人，事情拖上一年也解决不了问题。甚至于一些按常规应办的事，人们毫无疑问是可以得到解决的，却被故意拖延迟迟不办，留等着当事人来请托（通关节），就是要去办一件鸡毛蒜皮的小事，没有钱都是行不通的。

过去汉代唐朝时候政治上的弊端，毛病出在法规不明确，使用起来也不严密，使得官吏们要用那空泛的无法作为依据和准则的法规来判断处理事务，所以奸佞小人常常钻无法可依的空子来为非作歹。现在的法规既明确又具体，使用起来也很周密，全社会只重视法规知识。对于想要排斥的人，只要他稍有离开法规的行为，就可以被抓住毛病。对于有关系的人，他虽然有违法行为，也可以借用法规的有利条件来替他解脱罪责。所以奸小人常常钻法规的空子来为非作歹，现在社会上需要解决的事情很多，哪里真有那么多事情？而是官吏想卖法索贿一时没有到手，造成老问题还没解决，新问题又来的混乱局面，这就是使国家的政令阻塞行不通的原因。

过去，齐桓公和晋文公相继成就他们在春秋时代的霸主事业的时候，官员们承担自己的职务，都是不需要等待指教和命令就主动去办理公务。四方的宾客来到，不需要去求有关部门，而事情就能按规矩办好。南北朝时代前秦的丞相王猛治理秦国，再细小的事情都要尽量办好，而人们也不认为烦琐。据历史记载：有个名叫麻思的人，流放寄居在函谷关以西地区，因为母亲去世要请假回冀州去，有关官吏请示王猛，王猛批准他的申请，说："立即收拾行李，回去吧！"当天晚上批准的通知就到了麻思所在的地方，当他一出函谷关，有关的郡县都已得到批准麻思回冀州奔丧的通知。由于实现了这种令行禁止的威信很高、效率也高的政令，就没有什么事情被积压下来，甚至连细微的事都是这样。属于氐族的前秦国主苻坚能成为北方的霸主,兵强国富,一片太平繁荣的景象,这都是王猛治理国家的必然结果。

现在天下长治久安,政府的主要官员奉公守法,不敢徇私舞弊,但官署办事的僚佐属员炫耀权力贪赃枉法,长官们心里明白却不加过问和制止,反以为这是理所当然的事。造成这种情况的弊病来自两个方面:一是事情太纷繁,二是官员不勤奋,因此实权就落在僚佐属吏手中。如果想除掉这些弊病,就要从省事和厉精两者入手。省事就是要精简中央官署的事务,信任和使用职能部门,加强中央官署对下属的督促监察。厉精就是各级官员要振作精神勤于政务,特别是要从上面作出表率。

现在所说最繁忙的地方,其中申诉者最多,请求的人也不少的,哪里都赶不上中书省和盐铁、度支、户部这三司衙门。其实,把天下的各种事务分别由众多官员分担,中书省只应该了解和处理治国的大事和要务。全国各个郡县的财务都分别由各个转运使控制管理,中央三司衙门只应该对各转运使进行监督审计。这样就很适宜,事务不至过于繁多。如果中书省不等有关部门的申奏考察就直接决定各部门官员的升降,这是对有关职能部门的不信任。三司衙门推算各郡县的财政税务的多少、赢虚管得过细过死,就是对各转运使的不信任。所以我们说,要精简中央官署的事务就要信任下面的有关职能部门。古代的圣明君主都很爱惜光阴,以求把国家管理好,他们天刚黎明就上朝处理政务,如果稍微晚起一点到太阳出来才上朝,那么一天的时间就嫌不够用了。从少的方面说,每天耽误一件事,一个月耽误的事还可以计算,但一年下来,积压的事情就数也数不清了。因此,要想事情不繁杂沉重,就必须一开始就勤劳辛苦地工作,到后来便会显得轻松安逸。早晨早早起来,晚上迟点休息。皇帝没有退朝,宰相就不敢回家休息;宰相到太阳偏西还不回家,众官员就不能不兢兢业业地尽力办理公务,而不敢去赴宴会和游乐。只要这样,哪怕是细小的还隐藏着的事没有办不到的。仁宗皇帝勤奋治国的要求超过原先的皇帝,而朝廷的舆论却不宣扬赞颂周文王父子那"日中不暇食而待士"的勤奋为政的传统,却偏偏称颂虞舜的"无为而治"。不淡文王勤奋为政,而谈秦始皇按规定的重量读书,为何偏偏要提倡怠惰呢?所以我认为,要振作精神勤于政务就要从上而下作出表率,只有这样上下之间的雍塞和蒙蔽问题就能彻底解决。

教战守策

【题解】

苏轼在宋仁宗嘉祐六年(1061年)应制科考试时,作《进策》二十五篇。本文是其中《策别》部分关于"安万民"问题的第五篇。

北宋中叶辽和西夏是宋王朝西北边境的严重威胁。而北宋统治者却仍然不修武备,以每年奉送大量财物的屈辱方式谋求短暂和平。苏轼针对这种苟且偷安情况,分析了战争不可避免的严峻形势,指出"知安而不知危"是当时的最大危险,建议朝廷改变萎靡不振的局面,重修武备,尊尚勇武,训练人民,常备不懈,使之能战能守,只有这样,才能应付迟早必将爆发的战争。

【原文】

夫当今生民之患,果安在哉?在于知安而不知危,能逸而不能劳。此其患不见于今,而将见于他日。今不为之计,其后将有所不可救者。

昔者先王知兵之不可去[1]也,是故天下虽平,不敢忘战。秋冬之隙,致民田猎以讲武[2]。教之以进退坐作之方,使其耳目习于钟鼓、旌旗之间而不乱[3],使其心志安于斩刈杀伐之际而不慑,是以虽有盗贼之变,而民不至于惊溃。及至后世,用迂儒之议,以去兵为王者之盛节[4];天下既定,则卷甲而藏之[5]。数十年之后,甲兵顿弊[6],而人民日以安于佚乐。卒有盗贼之警,则相与恐惧讹言,不战而走。开元、天宝[7]之际,天下岂不大治?惟其民安于太平之乐,豢[8]于游戏、酒食之间,其刚心勇气,消耗钝眊[9],痿蹶[10]而不复振。是以区区之禄山[11]一出而乘之,四方之民,兽奔鸟窜,乞为囚虏之不暇[12]，天下分裂[13]而唐室固以微矣。

盖尝试论之：天下之势譬如一身。王公贵人所以养其身者，岂不至哉？而其平居常苦于多疾。至于农夫小民，终岁勤苦，而未尝告病。此其故何也？夫风雨、霜露、寒暑之变，此疾之所由生也。农夫小民，盛夏力作，而穷冬暴露，其筋骸之所冲犯，肌肤之所浸渍，轻霜露而狎风雨，是故寒暑不能为之毒。今王公贵人，处于重屋[14]之下，出则乘舆，风则袭裘[15]，雨则御盖[16]。凡所以虑患之具，莫不备至。畏之太甚，而养之太过，小不如意，则寒暑入之矣。是故善养身者，使之能逸而能劳，步趋动作，使其四体狃于寒暑之变；然后可以刚健强力，涉险而不伤。夫民亦然。今者治平之日久，天下之人，骄惰脆弱，如妇人孺子，不出于闺门。论战斗之事，则缩颈而股栗；闻盗贼之名，则掩耳而不愿听。而士大夫亦未尝言兵，以为生事扰民，渐不可长[17]。此不亦畏之太甚而养之太过欤？

且夫天下固有意外之患也。愚者见四方之无事，则以为变故无自而有，此亦不然矣。今国家所以奉西北之虏者，岁以百万[18]计。奉之者有限，而求之者无厌，此其势必至于战。战者，必然之势也。不先于我，则先于彼；不出于西，则出于北。所不可知者，有迟速远近，而要以不能免也。天下苟不免于用兵，而用之不以渐，使民于安乐无事之中，一旦出身而蹈死地[19]，则其为患必有不测。故曰：天下之民知安而不知危，能逸而不能劳，此臣所谓大患也。

臣欲使士大夫尊尚武勇，讲习兵法；庶人之在官者[20]教以行阵之节；役民之司盗者[21]，授以击刺之术。每岁终则聚于郡府，如古都试之法[22]，有胜负，有赏罚。而行之既久，则又以军法从事[23]。然议者必以为无故而动民，又挠以军法，则民将不安。而臣以为此所以安民也。天下果未能去兵，则其一旦将以不教之民而驱之战[24]。夫无故而动民，虽有小恐，然孰与夫一旦之危哉？

今天下屯聚之兵,骄豪而多怨,陵压百姓而邀其上[25]者,何故?此其心以为天下之知战者,惟我而已。如使平民皆习于兵,彼知有所敌,则固已破其奸谋,而折其骄气。利害之际[26],岂不亦甚明欤!

【注释】

[1]先王:指夏、商、周三代时期的帝王。兵:指军备。不可去:不可以废弃的意思。[2]"秋冬之隙"二句:古时在秋冬农忙之后,召集人民打猎,借以教习武事。[3]"教之以进退坐作之方"二句:教给人民前进后退及坐(跪)作(起)的方法,即习战法。古代军队都用旗鼓指挥作战,统一行动。[4]斩刈杀伐:指作战时白刃相接的杀戮场面。慑:恐惧,害怕。盛节:好的措施。[5]卷甲而藏之:把武器装备都收藏起来。[6]顿弊:即钝弊。损坏破败的意思。[7]开元、天宝:唐玄宗李隆基的年号,是唐代历史上的兴盛时期。[8]豢:养,贪图。[9]消耗钝眊:动作迟钝,眼睛看东西模模糊糊的。[10]痿蹶:萎缩,衰竭。[11]禄山:即安禄山,胡人。唐玄宗天宝年间为平卢、范阳、河东三镇节度使。天宝十四载,起兵叛乱,攻陷洛阳、长安,自称燕帝。后来被他的儿子安庆绪所杀。[12]"四方之民"三句:形容安史之乱时,百姓惊慌失措的情状。[13]天下分裂:指唐肃宗以后藩镇割据的局面,唐王朝从此衰微。[14]重屋:指屋有二重,指高大的房屋。[15]袭裘:穿皮衣服。[16]御盖:打伞。[17]渐不可长:指坏事、坏风气不可让它滋长。即防微杜渐的意思。[18]奉西北之虏者:宗仁宗庆历年间,每年给辽银二十万两,绢三十万匹;给西夏银七万两,绢十五万五千匹,茶三万斤。百万:形容其多。[19]出身:投身。死地:指战场。[20]庶人之在官者:这里指从民间抽调或招募来的乡兵。[21]役民之司盗者:指服役平民中负责防盗、捕盗的人。[22]古都试之法:定期在都(即郡府所在地)城集合官兵,做军事演习,进行考试。[23]以军法从事:按军法办事,即走上正规化。[24]不教之民而驱之战:指将未经过军事训练的百姓去打战。[25]邀其上:要挟他们的上司。[26]际:界限。

【译文】

当前为害人民的祸患在哪里呢?就是只知道安享太平而不懂得还潜在着危险,只图安逸舒适而不能辛勤劳苦。这种祸患的害处不是马上就显现出来,而在将来的某个时候就会产生严重后果。如果不从目前起就考虑紧策,将来就可能无法挽救了。

古代的帝王知道国家不可以没有武装,所以虽然天下太平也不敢忘记战备。秋冬农闲时候,组织人民打猎习武,教他们行军作战的方法,使他们习惯于在阵阵钟鼓声中、在飘飘的战旗指挥下,进退整齐不乱,使他们面对杀戮而不心慌害怕,这样就是发生了战乱,他们也不由于惊吓而溃败。后来的帝王听从一种迂腐的书生之见,把废除兵备作为帝王的最好措施。天下平定了,就解除武装放弃战备。经过几十年,武器破损了,人民也习惯过和平生活。一旦发生了盗贼、警报,就会相互传播恐惧的谣言,没有打战就溃败逃跑。在玄宗皇帝开元、天宝年间,岂不是太平盛世?人民安享太平的欢乐,沉湎在吃喝玩乐中间,刚烈勇敢的气概消磨衰竭了,士气萎靡不振。于是本来微不足道的安禄山乘机起来造反,老百姓就东逃西奔,州县闻风投降,藩镇纷纷割据,天下四分五裂,唐王朝从此走向衰微。

　　我曾经谈过这样的见解:国家的形势好比一个人的身体。官宦富贵人家岂有不竭尽全力保养身体?但平常仍然痛很多。相反,农夫一年头辛勤劳动,却不会生病。这是什么原因呢?本来,风霜雨露、寒暑的变化是造成人们的生病的原因。农夫平民夏天顶着炎炎烈日、冬天冒凛冽的寒风耕种田地,他们的筋骨肌肤得到锻炼,经得起霜露风雨,所以严寒酷暑都不能危害他们。可是好些富贵人家住的是高楼大厦,出门乘车坐轿,刮风就穿皮袄,下雨就打雨伞。各种各样保护身体的衣物器具,全都备齐了。他们非常害怕生病,过分地娇生惯养,只要稍一大意就会受到寒暑的伤害。所以善于保养身体的人,要做到有劳有逸,常常行走活动,使身体习惯冬夏的冷热变化;然后就可以健康强壮,遇到险恶环境也不会有伤身体。对于民众也是如此。现在过太平日子久了,人们变得心高气傲,变得疏懒脆弱,像妇女孩子一样离不开家。一谈到战争,就吓得缩起脖子,两腿颤抖;一说起强盗就捂住耳朵不愿听。而当政的官员们也不议论战备问题,以为这是扰乱人民的事,不能让它滋长。这不也就是那种由于非常害怕生病而过分娇生惯养吗?

　　况且天下本为就会发生出乎意料的灾祸。愚蠢的人看到周围平安无事,就以为没有可能会发生变故,这种看法是不正确的。现在国家每年要奉送辽和西夏上百万财物。送的方面财力是有限的,但得到财物的方面却是贪得无厌的,这样就势必发生战争。战争是必然的趋势。不是我方发动,就是他们先发动;不是和西夏,就是同北辽。不知道的只是战争发生的早晚和远近,重要的是战争是不可避免的。既然免不了要用兵作战,又不让所有之兵能逐渐适应作战需要,而使他们从安乐和平的环境中,一下子置身到面对死亡的战场,其危害是不可估量的。所以说,老百姓只知道安享太平而不懂及潜在着的危险,只能过安逸舒适的生活,而不能适应辛劳困苦的日子,这就是我所说的大祸患。

  我希望当下放的官员们要尊重、倡导武勇精神,学习研究战略战术;在政府工作的平民百姓要进行作战的教育;那些在缉捕盗贼部门当差的人,要接受使用刀枪刺杀的训练。每年年底在郡府所在地进行演习和考试,比较胜负,进行赏罚。实行的时间长了,就可以按军法来要求他们。但持异议的人必然会指责这是无缘无故地惊动人民,再加上严格的军法约束,老百姓就不能安居乐业。而我却认为只有这样才能真正安定民心。既然没有办法消灭战争,就可能有一天会驱使没有受过训练的人民去作战。没有战争的时候训练百姓,虽然会使人有些不安,但怎能和突然要他们去作战的危险相比较呢?

  当前国家召聚屯养的部队,一般都很傲慢强横,还满腹牢骚,他们欺压百姓,要挟上级。为什么会这样呢?他们认为天下懂得打仗的人只有他们。如果让老百姓都接受军训,他们就知道别人也能打仗,就会打破他们的如意算盘,打击他们的骄横气焰。事情的利和害,岂不是很清楚的吗!

留侯论

【题解】

　　这是苏轼青年时代应制科考试时,《讲论》中的一篇文章。张良是刘邦手下反秦灭项的重要决策人物之一。他当时所起的重要作用,主要在于他的大智大勇。而这又同一位具有远见卓识的隐者——圯上老人对他的教诲、磨砺分不开。从而驳斥了旧论中关于黄石公授书故事的神秘色彩。

　　本文强调"忍小忿而就大谋""养其全锋以待其毙"的策略的重要性,反对那种稍有屈辱就"拔剑而起,挺身而斗"的鲁莽做法,主张要"能忍",等待时机以图大事。这就是本文的主要立意。不过作者把楚汉之争的胜败仅仅归结为"能忍与不能忍",这就未免失之片面了。

【原文】

　　古之所谓豪杰之者,必有过人之节,人情有所不能忍者。匹夫见辱[1],拔剑而起,挺身而斗,此不足为勇也。天下有大勇者,卒然临之而不惊,无故加之而不怒,此其所挟持者甚大[2],而其志甚远也。

　　夫子房受书于圯上之老人[3]也,其事甚怪[4]。然亦安知其非秦之世有隐君子[5]者,出而试之？观其所以微见其意者,皆圣贤相与警戒之义,而世不察,以为鬼物[6],亦已过矣。且其意不在书[7]。当韩之亡[8],秦之方盛也,以刀锯鼎镬待天下之士,其平居无罪夷灭[9]者,不可胜数;虽有贲、育[10],无所复施。夫持法太急者,其锋不可犯,而其势未可乘[11]。子房不忍忿忿之心,以匹夫之力,而逞于一击[12]之间。当此之时,子房之不死者,其间不能容发[13],盖亦已危矣！千金之子[14]，不死于盗贼。何者？其身之可爱，而盗贼之不足以死[15]也。子房以盖世之才，不为伊尹、太公之谋[16]，而特出于荆轲、聂政之计[17]，以侥幸于不死，此圯上老人之所为深惜者也。是故倨傲鲜腆[18]而深折之，彼其能有所忍也，然后可以就大事，故曰："孺子可教也。"

楚庄王伐郑，郑伯肉袒牵羊以逆，庄王曰："其君能下人[19]，必能信用其民矣。"遂舍之，勾践之困于会稽，而归臣妾于吴者，三年而不倦[20]。且夫有报人之志，而不能下人者，是匹夫之刚也，夫老人者，以为子房才有余，而忧其度量之不足，故深折其少年刚锐之气，使之忍小忿而就大谋。何则？非有平生之素[21]卒然相遇于草野之间，而命以仆妾之役[22]，油然[23]而不怪者，此固秦皇之所不能惊，而项籍[24]之所不能怒也。

观夫高祖之所以胜，而项籍之所以败者，在能忍与不能忍之间而已矣。项籍惟不能忍，是以百战百胜，而轻用其锋[25]。高祖忍之，养其全锋而待其弊[26]，此子房教之也。当淮阴破齐而欲自王，高祖发怒，见于词色[27]。由此观之，犹有刚强不忍之气，非子房其谁全之？

太史公疑子房以为魁梧[28]奇伟，而其状貌乃如妇人女子，不称[29]其志气。呜呼！此其所以为子房[30]欤！

【注释】

[1]匹夫见辱：一个普通的人受到了侮辱。[2]卒：同"猝"，突然。挟持者甚大：指胸怀广阔、有抱负。[3]子房：即张良（留侯），字子房。他辅佐刘邦灭了秦，打败项羽，建立了汉朝。刘邦封他为留侯。后来隐遁不知去向。圯上老人：指黄石公。圯，桥。[4]其事甚怪：指苏轼对张良从圯上老人那里得到兵书的这件事，感到怪异。[5]隐君子：指隐居的高士，即圯上老人。[6]鬼物：妖气为鬼，鬼像人形。如王充《论衡》就有"天佐汉诛秦，故令神石为鬼书授人"的说法。[7]其意不在书：指圯上老人主要的意思不在把兵书授予张良。[8]韩之亡：韩亡于公元前230年。秦灭六国，首先灭掉韩国。[9]以刀锯鼎镬待

天下之士:指秦王用残酷的刑法对待天下抗秦志士。夷灭:即消灭。[10]贲、育:即孟贲、夏育,两人都是古代著名的勇猛之士。[11]其势未可乘:形势对秦有利,还没有机会灭秦,需要等待时机。[12]忿忿:愤怒不平的样子。一击:张良用尽家财募求刺客"大铁椎",在博浪沙(今河南省原阳县东南)狙击秦始皇,误中副车。秦始皇大怒,大肆搜捕刺客。张良改名换姓,逃亡躲藏在下邳。[13]间不能容发:指生死之间的距离。[14]千金之子:富贵人家的子弟。[15]不足以死:不值得因此而死。[16]伊尹、太公之谋:伊尹辅佐汤建立商朝;吕尚(太公望)辅佐周武王建立了周朝。[17]荆轲:荆轲为燕太子丹刺杀秦王,失败被杀。聂政:聂政为韩国之卿严仲子刺杀韩相侠累。[18]倨傲:傲慢不恭。鲜腆:没有礼貌的样子。[19]肉袒:裸露出上身,表示服罪。逆:迎接。能下人:屈居人下。[20]归臣妾于吴者,三年而不倦:勾践失败后,投降吴国,和妻子一同在吴国做了三年奴仆,才得归国。[21]非有平生之素:素昧平生,不熟悉。[22]仆妾之役:指到桥下替黄石公捡鞋的事。[23]油然:和敬悦的样子。[24]秦皇:即秦始皇帝嬴政。项籍:字羽,灭秦后为西楚霸王。[25]"项籍惟不能忍"三句:指项羽迷信武力才能征服天下,多方树敌,虽能百战百胜,但兵力消耗很大,终于败亡。[26]高祖忍之:汉高祖刘邦经常采取守势,以保持军队的实力。锋:锋芒。弊:即毙,衰亡的意思。[27]"淮阴破齐"三句:韩信灭齐,要求封为齐王,刘邦大怒,张良谏止,依韩信所求封为齐王,后来韩信被降为淮阴侯。[28]魁梧:身躯高大。[29]不称:不相称。[30]其所以为子房:意思是张良志气宏伟而又内涵不露,貌似柔弱,这正是他独特过人之处。

【译文】

　　古代称得上英雄豪杰的人,一定有他与众不同的操守,人们在情感上有些事是无法容忍的。普通的人受到侮辱,就会拿起武器,挺身上前同别人争斗,算不得勇敢。天下的真正勇士,面临突事故不至于惊慌失措,无缘无故受到侮辱打击,也不会愤怒得控制不住自己,这是由于他有很大的抱负和深远的志向。

　　张良从圯上老人那儿得到兵书,这件事使人感到奇怪。但怎知不是秦时的一位隐士高人,出面对他进行的考验呢?从老人微微透露出来的用意,都具有圣贤给予的警策告诫的含义,而世人不明了,把他看成鬼神,这就太过分了。况且他的主要意思不在于把兵书给予张良。当时秦首先灭掉了韩国,正处于强盛时期,它用残酷的刑罚对待天下有志抗秦的志士,数不清的无罪平民被杀戮族灭,就是孟贲、夏育那样的勇士也无法施展。对秦的严厉法令，既不能直接触犯它的锋芒，同时当时的形势也还没有出现可乘之机。在这样的时候，张良忍不住愤怒的心情，用家财募请"大铁椎"在博浪沙狙击秦始皇以图一时痛快。当时，张良虽然没有死，但情况真是千钧一发、十分危险的了！为什么富贵人家的子弟，不会因为当盗贼而被杀死？这是由于他们爱惜自己的身份，不值得冒着生命危险去当盗贼。张良是有很高的才智，不像伊尹、太公那样谋划安邦定国，却采取了荆轲、聂政的行刺办法，只是侥幸才逃脱了死亡，这是圯上老人为他深深感到可惜的原因。于是老人用非常不礼貌的高傲态度狠狠地折辱他，他如果能够忍受，才能成大事，就是所谓能"忍辱负重"，所以老人说："这孩子是个可教之材。"

楚庄王攻打郑国，郑襄公袒衣露体地牵着羊去迎接楚军，楚庄王见了说："郑国的君主勇于屈居人下，就必然能取得他的人民的信任。"于是就放弃了攻郑。越王勾践被吴兵围困在会稽山，后来投降当了吴王夫差的奴仆，三年之中没有懈怠过。况且一个人立下报仇雪恨的志向，又不甘心屈居人下，这只是一种普通人的刚强，而圯上老人认为张良才干有余，但担心他的度量不够宽宏，于是狠狠地折辱他那少年刚强锐利性格，使他能忍耐一时的愤怒而成就其伟大的谋略。为什么这样说呢？圯上老人同张良素不相识，偶然在野外相遇，就要他做奴仆所做的事，张良却表现和顺，没有流露责怪不满。这正是秦始皇的残暴不能使他惊惧，楚霸王的强横也不能使他激怒的原因。

观察汉高祖取得胜利，而楚霸王却导致失败的原因，就在于能忍或是不能忍。项籍不能忍，他虽取得百战百胜的战绩，但轻率地耗尽了他的精锐武力。刘邦凡事能忍耐，就保全了他的精锐，等待楚霸王的衰愈，这是张良给他的战略。当韩信攻破齐国想自立为王的时候，高祖愤怒不满的心情，表露在言语脸色上。从这里看，高祖依然具有刚强和不能忍耐的性格，不是张良又还有谁能成全他的事业呢？

司马迁认为张良应该是个身材魁梧高大的人，而他的形状面貌却像柔弱的妇女，似乎和他的宏伟志气不相称。而我却认为这种现象，正是张良具有的独特过人之处。

贾 谊 论

【题解】

　　贾谊，洛阳人，二十多岁时就被汉文帝任为博士，还不到一年就升为大中大夫。文帝还想把他升为公卿，但遭到绛侯周勃和大将军灌婴等人的反对。他们在文帝面前说贾谊"年少初学，专欲擅权，纷乱诸事"，于是文帝逐渐疏远贾谊。先将他派出去当长沙王的太傅，后来又当梁王太傅。他还不死心，又给文帝上书议论分析天下大事，文帝仍然没有用他。后来，梁王骑马摔死了，贾谊认为没有尽到太傅责任，常常哭泣，一年以后去世，年纪才三十三岁。

　　苏轼认为贾谊是个有用之才，却被好贤的文帝废弃不用，原因在于他要文帝疏远周勃、灌婴等有功的旧臣，结果是自己反被文帝疏远了，主要是由于贾谊不能正确地使用自己的才干，不善于等待时机，而操之过急，终于遭到大臣们群起而攻之，文帝也不再重用他，使他郁郁不得志而早早地死去。苏轼同时也指出像贾谊这样有才干的人，皇帝没有成全他，能够给他施展的机会。

　　其实苏轼给贾谊设计的，要他同周勃、灌婴等实权人物搞好关系，等待时机，最终就能施展自己的抱负。这样的设想事实上仍然行不通。应该看到，贾谊之所以遭到排挤，是因为他向文帝提出的一系列建议，损害了当权的周勃、灌婴等人的利益。

【原文】

　　非才之难，所以自用者实难。惜乎贾生王者之佐，而不能自用其才也。夫[1]君子之所取者远，则必有所待。所就者大，则必有所忍。古之贤人，皆负可致之才，而卒不能行其万一者，未必皆其时君之罪，或者其自取也。

　　愚观贾生之论，如其所言，虽三代[2]何以远过。得君如汉文[3]，犹且以不用死。然则是天下无尧舜，终不可有所为耶？仲尼[4]圣人，历试于天下，苟非大无道之国，皆欲勉强扶持，庶几[5]一日得行其道。将之荆，先之以冉有，申之以子夏[6]。君子之欲得其君，如此其勤也。孟子[7]去齐，三宿而后出昼，犹曰："王其庶几召我。"君子之不忍弃其君，如此其厚也。公孙丑[8]问曰："夫子何为不豫[9]？"孟子曰："方今天下，舍我其谁哉？而吾何为不豫？"君子之爱其身，如此其至也。夫如此而不用，然后知天下果不足与有为，而可以无憾矣。若贾生者，非汉文之不能用生，生之不能用汉文也[10]。

　　夫绛侯亲握天子玺，而授之文帝[11]，灌婴连兵数十万，以决刘吕之雌雄[12]。又皆高帝之旧将。此其君臣相得之分，岂特父子骨肉手足哉？贾生，洛阳之少年，欲使其一朝之间，尽弃其旧而谋其新，亦已难矣[13]。为贾生者，上得其君，下得其大臣，如绛灌[14]之属，优游浸渍而深交之，使天子不疑，大臣不忌，然后举天下而惟吾之所欲为，不过十年，可以得志[15]。安有立谈之间，而遽[16]为人痛哭哉？观其过湘为赋以吊屈原[17]，纡郁愤闷[18]，趯然[19]有远举之志，其后卒以自伤哭泣，至于夭绝[20]。是亦不善处穷者也。夫谋之一不见用，安知终不复用也？不知默默以待其变，而自残至此。呜呼！贾生志大而量小，才有余而识不足也。

　　古之人，有高世之才，必有遗俗之累，是故非聪明睿智[21]不惑之主，则不能全其用。古今称苻坚得王猛于草茅之中[22]，一朝尽斥去其旧臣，而与之谋[23]。彼其匹夫略有天下之半，其以此哉。愚深悲生之志，故备论之，亦使人君得如贾生之臣，则知其有狷介[24]之操，一不见用，则忧伤病沮，不能复振。而为贾生者，亦谨其所发哉。

【注释】

[1]夫:发语词。[2]三代:指夏、商、周三个朝代。[3]汉文:即汉文帝,刘恒。吕后死后,周勃等平定诸吕之乱,他以代王入为皇帝。实行"与民休息"的政策,减轻地税、赋役和刑狱,使农业生产有所恢复和发展。又削弱诸侯的势力,以巩固中央集权。[4]仲尼:即孔子。[5]庶几:也许可以。是表示希望。[6]将之荆:即将到楚国去。冉有、子夏:二人均是孔子的学生。是说先让冉有和子夏去,看看楚国是否有官可做,给孔子什么地位。[7]孟子:名轲,字子舆,邹(今山东省邹县东南)人,战国时期的思想家、政治家和教育家。[8]公孙丑:战国时齐国人,孟子的弟子。[9]不豫:不悦,不快乐。[10]生之不能用汉文也:指贾谊想得到君王赏识,但他爱君不厚,不能等待时机,所以,不能达到爱自身的目的。是贾谊自己不能用汉文帝的缘故所致。[11]而授之文书:周勃(即绛侯)、陈平、灌婴等平定诸吕叛乱,迎立汉高祖第二个儿子刘恒做皇帝,刘恒路过渭桥时,周勃向他跪上天子玺符。[12]以决刘吕之雌雄:诸吕作乱,齐王起兵讨伐,吕禄等派灌婴迎击,灌婴率兵到荥阳后,与周勃、陈平共谋,与齐王联合,为齐王助威。周勃等诛诸吕后,齐王引兵回国,灌婴回长安与周勃、陈平等共立文帝。[13]"尽弃其旧"二句:《贾谊传》:"天子议以谊任公卿之位,绛灌东阳侯冯敬之属尽害之,乃毁谊曰:'洛阳之人,年少初学,专欲擅权,纷乱诸事。'"于是文帝后来疏远他,不用其议。因为汉文帝不可能弃掉周勃等有功之臣。[14]绛灌:即周勃、灌婴。[15]得志:得意,达到目的。[16]遽:急、骤然。[17]以吊屈原:汉文帝以贾谊为长沙王太傅,贾谊既去,很不得意,渡过湘水时,作赋以吊屈原。屈原,楚国的贤臣,被谗放逐,作离骚赋。自投汨罗江而死。贾谊追悼悲伤,用以比喻自己。[18]纡郁愤闷:指愁苦愤闷蕴结于胸中,难以化解。[19]趯(tì)然:飘然远去的样子。[20]至于夭绝:贾谊为梁王傅,梁王坠马而死。贾谊自伤为傅无状,常常哭泣,后岁余亦死。[21]睿智:明智、智慧。[22]古今称苻坚得王猛于草茅之中:王猛,字景略,隐居华山,后应苻坚召,为中书侍郎,极受宠信。屡屡升迁,权力极大。[23]而与之谋:苻坚一见王猛,便若平生之故,谈及兴废大事,苻坚大悦,自谓如刘玄德之遇到诸葛孔明一样,并以国事委托他办理,宗戚旧臣仇腾、席宝反对他,屡屡毁谤王猛,苻坚大怒,黜仇腾为护军,席宝白衣领长史。于是上下皆服,不敢再言。[24]狷介:洁身自好,不肯同流合污。陆龟蒙《张祜故居诗序》:"性狷介不容物辄自勃去。"

【译文】

具有才干并不很困难,最困难的是怎样运用自己的才干。可惜贾谊是个具有做宰相才干的人,却没有能够正确运用自己的这种才干。抱着远大追求的君子,必须等待有利的时机。要完成伟大的事业人,必须忍受应该忍受的委屈。古代的贤人,都具备了可用的才干,但最终没有够实行其万分之一,造成这样结果的责任不一定都是当时的君王,也许责任就在他们自己。

  我看了贾谊关于治国的主张,如果照他所说的办,要实现夏、商、周三代那样的繁荣安定的政治局面也差不了好远。能够遇到汉文帝这样的皇帝,尚且由于没有得到重用而忧郁地死去,那么就是只要天下没有唐尧、虞舜那样的圣明君王,就根本不可能施展抱负做出成绩么?圣人孔子,周游列国,希望有君主能用他。只要不是君主极其荒淫无道的国家,都想勉强帮助,也许有一天能够实行他的治国方略。孔子将要楚国去,动身前就派冉有到楚国了解可不可以去做事,接着又派子夏去谋划可以得的职位。君子要得君王的了解和信任,就是这样一而再地去做工作。孟子要离开齐国,在昼这个地方住了三个晚上才出发,还念念不忘地说:"齐王也许还会请我回去。"君子那种不忍心抛弃他的君主的情意是如此的深厚。他的弟子公孙丑问孟子说:"先生为什么不开心?"孟子说:"当今世界上除了我还有谁能够治理好天下?我为什么不开心呢?"君子是那样的自尊自重,有如比强的自信心。如果这样还不能为君主信任和使用,然后就知普天下果然没有自己能够施展的抱负的地方,从而对自己未能得到重用也就不会有什么遗憾了。但像贾谊的情况,并不是汉文帝不能任用他,其实倒是贾谊使汉文帝无法任用他。

  绛侯周勃迎接代王到京城当皇帝,他在渭桥亲手把皇帝玉玺宝印献给汉文帝,灌婴率领几十万大军联合齐王杀了企图篡夺政权的吕后家族,解决了刘氏王朝的危机,他们又都是汉高祖刘邦时代的老将,这种密切的君臣情分,岂止是父子兄弟之间才有的吗?贾谊不过是洛阳的一个年轻人,企图使汉文帝在一天的时间里就完全撇开齐氏王朝的老臣旧将来和他谋划新政,这是很难办的事,作为贾谊来说,应该上面取得皇帝的信任,下面得到大臣们的支持,如周勃、灌婴这样的元老重臣,应该慢慢地影响他们,再进一步加深同他们的交情,逐渐地做到使皇帝没有疑虑,大臣们也不再猜忌,到那个时候就能在全国范围内实行自己的各种措施,不超过十年就可以实现自己的治国理想。哪里存在站着谈几句话那样短的时间里,就马上表示要为别人痛哭的道理?(这是批评贾谊上疏中所说"惟今之事势,可为痛哭者一,可为流涕者二,可为长太息者六"的说法)我从贾谊在经过湘江时写的吊唁屈原的一篇赋中,看出他愁思结,有飘然退隐的意思,后来因梁王骑马摔死,他自责没有尽到太傅责任,哀伤哭泣了一年多,也就夭折去世了。他也是个不善于对待逆境的人,提出的谋划一时不被采用,怎么知道永远就不再被采用呢?他不懂得应该不声不响地等候形势的发展变化,却自我残害到夭折早死的地步。唉!贾谊是志向很高而气量狭小,才干有余而见识不足。

古代的人,凡是具有高于世人的才干,必然会有遗风旧俗的拖累,所以不是聪明而有智慧、头脑清醒的君主,是不可能完全而彻底地信任重用这种稀世奇才的。古往今来都称赞苻坚从草莽隐士中间发现了王猛,很快地就全部撤换了原有的臣僚,同王猛谋划国事,从而使苻坚这个普普通通的人占有了北方的半壁江山,这就是此类例子。我深深为贾谊未能实现他的宏伟志愿而感到悲哀,因此全面地论述了这个道理,也提醒君主们如果得到像贾谊这样的臣子,就应该懂得和理解他那种孤傲的性格,一旦不被任用就会忧愁伤心,消极颓废,再也不能重新振作起来。而作为像贾谊这样的人来说,就应该谨慎对待自己的表现和行为。

晁错论

【题解】

晁错,西汉政治家,颖川(今河南禹县)人。汉文帝时,为太子家令,受到信任,有"智囊"之称。太子即位,是为汉景帝,任晁错为御史大夫。他看到诸侯强大的危险,建议削夺诸侯的封地,以巩固中央集权。七国诸侯联合叛乱,要诛杀晁错。景帝和晁错商议出兵平叛,景帝对此很不高兴,此时,晁错的政敌袁盎趁机向景帝说,只有杀了晁错来向诸侯表示歉意,叛乱就能平息。于是景帝就下令斩杀了晁错。

历来大都认为晁错的死是受袁盎的逸害,苏轼在这篇文章中提出了新观点,他认为,只有德才兼备的英雄豪杰才能挺身而出,为国家的安危去冒最大的危险,从而求得巨大的成功。晁错出于忠心但最后却被景帝杀了,究其原因,是当诸侯乱起时,晁错不敢为天下而挺身上前,承担危险,为皇帝分忧解难,相反他却为了自己的安全,把景帝推到第一线。这才是他被杀的真正原因。

苏轼在这篇文章里批判了晁错的错误,分析了他错误的原因,同时也表示了对晁错被杀的惋惜,真是英雄失足,千古遗恨。这对有志于为国家民族建功立业的人是很有启发的。

【原文】

天下之患,最不可为者,名为治平无事,而其实有不测[1]之忧。坐观其变,而不为之所,则恐至于不可救。起而强为之,则天下狃[2]于治平之安,而不吾信。惟仁人君子豪杰之士,为能出身为天下犯大难,以求成大功。此固非勉强期月[3]之间,而苟以求名者之所为也。

天下治平，无故而发大难之端，吾发之，吾能收之，然后有辞于天下。事至而循循[4]焉欲去之，使他人任其责，则天下之祸，必集于我。

昔者晁错尽忠为汉，谋弱山东之诸侯。山东诸侯并起，以诛错为名[5]。天子不察，以错为之说。天下悲错之以忠而受祸，不知错有以取之也。

古之立大事者，不惟有超世之才，亦必有坚忍不拔之志。昔禹之治水，凿龙门[6]，决大河，而放之海。方其功之未成也，盖亦有溃冒冲突可畏之患，惟能前知其当然，事至不惧，而徐为之所，是以得至于成功。

夫以七国之强，而骤削之，其为变，岂足怪哉。错不于此时捐其身，为天下当大难之冲，而制吴楚之命，乃为自全之计，欲使天子自将，而已居守[7]。且夫发七国之难者，谁乎？己欲求其名，安所逃其患。以自将之至危，与居守之至安，己为难首，择其至安，而遣天子以其至危，此忠臣义士所以愤惋而不平者也。当此之时，虽无袁盎[8]，错亦未免于祸[9]。何者？己欲居守，而使人主自将，以情而言，天子固已难之矣，而重违其议，是以袁盎之说，得行于其间。使吴楚反，错以身任其危，日夜淬砺[10]，东向而待之，使不至于累其君，则天子将恃之以为无恐，虽有百盎，可得而间哉？

嗟呼！世之君子，欲求非常之功，则无务为自全之计。使错自将而讨吴楚，未必无功。惟其欲自固其身，而天子不悦[11]，奸臣得以乘其隙[12]。错之所以自全者，乃其所以自祸欤。

【注释】

[1]不测：指不可揣度的意外灾祸。[2]狃：习以为常。[3]期月：一整月。[4]循循：依照。[5]以诛错为名：《晁错传》："错建言宜削诸侯，景帝听之，吴楚七国俱反，以诛错为名。"[6]龙门：即禹门口。在山西省河津县西北和陕西省韩城县东北。《尚书·禹贡》："导河积石，至于龙门。"[7]欲使天子自将，而己居守：汉景帝三年，晁错忧虑七国强大，请

求削减诸侯的郡县。于是吴王濞、胶西王卬、胶东王雄渠、菑川王贤、济南王辟光、楚王戊、赵王遂共同合兵反叛。归罪于晁错,七国都想诛杀他。景帝与晁错商议如何出兵去讨伐,晁错想叫皇帝亲自带兵出征,而自己留下来担任守卫。这是晁错自己取祸。[8]袁盎:字丝,楚人。历任齐相、吴相。晁错为御史大夫,使吏审讯袁盎,判断他接受吴王财物,蔽匿吴王不会反叛,应抵罪。景帝赦其为庶人。袁盎后来以事为梁孝王所怨,被刺死。[9]错亦未免于祸:《本传》云:本国反叛,"上问袁盎计安出,盎对曰:'吴楚相遗书,言高皇帝王子弟各有分地,今贼臣晁错,擅适诸侯,削夺之地,以故反。今计独有斩错,发使赦七国,复其地,则兵可毋血刃而俱罢。'上默然良久曰:'顾诚何如,吾不受一个谢天下。'乃斩错于东市。"[10]淬砺:刻苦磨炼兵刃。[11]不悦:不快乐。[12]隙:缝隙,裂缝。

【译文】

国家的灾祸,最不好办的就是,表面上太平无事,实际上却潜伏着不可预测的危险。如果只是坐着看它的发展变化,而不采取必要的防范措施,恐怕恶化到了不可挽救的地步。如果起来采取果断措施,又怕人们过惯了太平日子而不相信我的所作所为。只有德才兼备的英雄豪杰才能不顾一切地挺身而出,为了国家民族的安危而冒最大的危险,从而求得巨大的成功。这当然不是那种不管有没有可能勉强要在短暂的时间里,图侥幸来追求名声的人所能做到的。

在天下太平的时候,在还没有发生变故的情况下去揭露那个大灾祸的迹象,如果我去揭露它,又能解决它,然后就能对天下人解释清楚。相反,如果事情发生了,自己却想躲开让其他人去承担责任,那么这个灾祸的矛头,必然会集中到我身上。

从前,晁错为汉王朝尽忠,献计要削弱太行山以东的诸侯的势力。吴、楚等国联合起来,以诛杀晁错为借口,进行武装叛乱。而汉景帝没有保持清醒的头脑,用杀晁错的办法来说服七国叛乱者。天下的人们都为晁错出于忠心而最后被杀的事感到不平和悲伤,却不知晁错是有自取其祸的原因的。

古代做成大事业的人,不仅要有超过常人的才干,还必须具有坚强、忍耐、毫不动摇的意志和毅力。从前大禹治水,开凿龙门,疏通黄河,让河水流进大海。当他还没有大功告成的时候,也存在着河堤崩溃、洪水横流的可怕危险,只是因为大禹事先就估计到它的各种可能性,事情一旦发生就不会惊慌失措，而是从容镇定地加以解决，因此终于得到成功。

吴楚七国那么强大，突然之间要去削弱它，它们起来反对，进行叛变是并不奇怪的事。晁错不在这个时候以勇于献身的精神，为了国家的安危去承受这巨大危难的冲击，从而制裁和左右吴楚七国的命运，却为了自身的安全起见，想让皇帝去御驾亲征，而自己反而在后方留守。再说，引发七国叛乱的是谁呢？自己想博得忠君爱国的好名声，哪里又能逃避因此引起的祸患呢！在亲自带兵出征这种最危险的事，和留守后方这种最安全的事这两者之间，自己这个引发这场叛乱的首要人物，却选择了最安全的留守后方，而把最危险的带兵打仗推给了景帝，这就是当时的一般忠臣和天下义士们感到愤怒怨恨，从而不满晁错的原因。在这个时候，即使没有袁盎那个用杀晁错的办法来向七国道歉的建议，晁错也避免不了要承受灾祸。为什么呢？自己想留守后方，而叫皇帝去带兵打仗，按情理来说，景帝本来就很为难了，但又很难反对他的意见，所以袁盎的建议在这中间就能够行得通。假使吴、楚七国反叛时，晁错能够挺身上前承担风险，白天黑夜抓紧部队部署，面向东边严阵以待，使这场平叛战争不会给景帝增加太大的压力，那么景帝就会倚仗着晁错，认为没有什么可怕的。如果是这样，虽然有一百个袁盎，又哪里可以得到挑拨离间的机会呢？

唉！世上的有志之士，要追求不同寻常的功绩，就不能为自己的安全打算。假使晁错自己带兵去讨伐吴楚七国，未必没有成功的可能。就因为他想自己保全自己，使景帝很不高兴，于是奸臣得到了可乘之机。由此可见，晁错为了保全自己，恰好给自己招来了杀身之祸。

乞校正陆贽奏议进御劄子

【题解】

　　这是元祐八年(1093年)苏轼同吕希哲、吴安诗、丰稷、赵彦若、范祖禹、顾临等人联名给宋哲宗上的奏本。当时苏轼是端明殿学士兼翰林侍读学士、左朝奉郎、守礼部尚书,其他如吕希哲、范祖禹等都是侍读或侍讲学士,负有给皇帝说史讲经、提供学习参考资料的责任。这个劄子就是他们向哲宗推荐唐朝宰相陆贽的奏议专集。他们在文中竭力赞扬陆贽勇于指陈弊政,尽心宣扬仁爱等儒家学说。苏轼说,陆宣公(贽)的文章"讽劝鼓舞,激扬动人""与其观六经诸子之崇深,不如读宣公奏议之切当"。

　　事实上陆贽的许多主张并没有被唐德宗采用。他只当了两年左右时间的宰相,就因谗被贬为忠州别驾十年,郁郁至死。他的奏议为后世所推崇,苏轼在他的《答俞括书》中把陆贽的奏议说成"治病良方",他说,"且欲推此学于天下,使家藏此方,人挟此药,以待世之病者,此仁人君子之至情也。"

【原文】

　　臣等猥[1]以空疏,备员讲读[2]。圣明天纵,学问日新。臣等才有限而道无穷[3],心欲言而口不逮[4],以此自愧,莫知所为。

　　窃谓人臣之纳忠,譬如医者之用药。药虽进于医手,方多传于古人。若已经效于世间,不必皆从于己出。

　　伏见唐宰相陆贽[5],才本王佐,学为帝师。论深切于事情,言不离于道德。智如子房而文则过[6],辩如贾谊而术不疏[7]。上以格君心之非,下以通天下之志。但其不幸,仕[8]不遇时。德宗以苛刻[9]为能,而贽谏之以忠厚;德宗以猜忌[10]为术,而贽劝之以推诚;

德宗好用兵,而贽以消兵为先;德宗好聚财,而贽以散财为急。至于用人听言之法,治边御[11]将之方,罪己以收人心,改过以应天道[12],去小人以除民患,惜名器以待有功,如此之流,未易悉数[13]。可谓进苦口之药石[14],针害身之膏肓[15]。使德宗尽用其言,则贞观[16]可得而复。

臣等每退至西阁[17],即私相告,以陛下圣明,必喜贽议论。但使圣贤之相契,即如臣主之同时。昔冯唐论颇牧之贤,则汉文为之太息[18]。魏相条晁董之对,则孝宣以致中兴[19]。若陛下能自得师,则莫若近取诸贽。夫六经、三史[20]、诸子百家,非无可观,皆足为治。但圣言[21]幽远[22],末学支离[23],譬如山海之崇深,难以一二而推择[24]。如贽之论,开卷了然[25]。聚古今之精英,实治乱之龟鉴[26]。臣等欲取其奏议,稍加校正,缮写进呈。愿陛下置之坐隅[27],如见贽面,反复熟读,如与贽言。必能发圣性之高明,成治功于岁月。臣等不胜区区之意,取进止[28]。

【注释】

[1]猥:谦词,犹言辱。有勉强的意思。[2]备员讲读:苏轼当时任翰林,与吕希哲、范祖禹同进。[3]无穷:没有穷尽。[4]逮:及,到。《汉书·文帝纪》:"能直言极谏者,以匡联之不逮。"[5]陆贽:字敬舆,唐苏州嘉兴(今浙江嘉兴)人。德宗时任翰林学士,参与机谋。建中四年(公元783年)德宗避朱泚之乱于奉天,许多诏书都由他起草。贞元八年为中书侍郎,同平章事,勇于指陈弊政,主张废除两税以外的一切苛敛,直接以布帛为计税标准等。因被裴延龄所谗,十年冬罢相,次年贬为忠州别驾,居忠州十年而死。所作奏议,多用排偶,条理精密,文笔流畅。[6]智如子房而文则过:是说张良足智多谋,但没有文章传下来。[7]辩如贾谊而术不疏:是说贾谊虽善于辩论,但实干时的策略就不行。[8]仕:做官。[9]苛刻:苛求,刻薄。[10]猜忌:猜疑、妒忌。《南史·江夏文献王义恭传》:"猜忌褊争,魏武之累。"[11]御:治理,统治。[12]天道:时候,天气。天道包含有日月星辰等天体运行过程和用来推测吉凶祸福的两个方面。[13]悉数:计数。[14]药石:治病的药物和砭石。也用来比喻规劝改过迁善的话。[15]膏肓:人体部位的名称。《左传·成公十年》:"疾不可为也,在肓之上,膏之下,攻之不可,达之不及,药不至焉。"晋杜预注:"心下为膏;肓,鬲也。"心下膈上,为体内重要部位,后来称病势严重为"病入膏肓"。[16]贞观:唐太宗(李世民)的年号。[17]西阁:宋朝皇帝听讲的地方。[18]汉文为之太息:《史记·张释之冯唐列传》:"汉文帝谓冯唐对曰:'昔有为我言赵将李齐之贤,战

于钜鹿下,吾每饭未尝不在钜鹿。'冯唐曰:'尚不如廉颇、李牧之为将也。'帝捬髀曰:'我独不得颇牧为将,何忧匈哉。'"[19]则孝宣以致中兴:《前汉书·魏相丙吉传》:"魏相好观汉故事,数条汉兴已来,国家便宜行事,及晁错、仲舒等所言,请施行之。上任用焉。"[20]六经:即六部儒家经典。《庄子·天运》:"《诗》《书》《礼》《易》《春秋》五经之外,另加《乐经》。"三史:即《史记》《汉书》《后汉书》。[21]圣言:指六经。[22]幽远:深奥博大。[23]支离:分散,散乱而没有条理。[24]推择:是对问题的斟酌研究、反复考虑。[25]了然:了解、懂得的意思。[26]龟鉴:即龟卜。鉴,指镜子,比喻借鉴。[27]隅:角落、边。[28]取进止:《考古编》:"奏剳言,取进止。"是说此剳是留下或退回来。

【译文】

我们勉强以识空学疏的身份,担任了翰林侍讲学士或侍读学士的职务。皇上的聪明是天生的,你的学识日新月异,不断提高。我们的才能很有限,而知识和真理却是没有穷尽的,我们心里想说的,嘴巴又表达不了,因此自己感到渐愧,不知道该怎么办才好。

我们认为作为臣子要进献忠言,就好像医生开药方。药虽然是从医生手里来的,但药方大多是古人传下来的,如果这些方子在世间使用有效,就不一定都要医生自己创造出来的。

我们看到唐肃宗的宰相陆贽,他有作为帝王辅弼之臣的才干,有担任皇帝的老师的学识,他的论述非常切合实际,他的言论没有离开仁义德。他的智慧像张良,而文才却超过张良;他的策略思想像贾谊,而措施方法不像贾谊那样疏漏。对上面他可以匡正皇帝的错误思想,对下面他可以沟通天下人的意愿。但他很不幸运,做官没有遇到好的时机。德宗皇帝把苛刻当作能干,而陆贽却用厚来劝阻他;德宗皇帝采取对谁都不信任的方法来驾驭使用臣子,而陆贽劝他应该推心置腹、待人诚恳;德宗喜欢炫耀武力、不停地征战,而陆贽却把消弭战祸作为优先考虑的事;德宗喜欢通过重税厚赋聚敛财富,而陆贽却主张通过轻税薄赋藏富于民才是当务之急。以及怎样使用人才,听取各种意见和建议,治理边防,驾驭使用将领等的方法,用自我批评的办法来收服民心,用改过错的办法来顺应天意,去掉奸妄小人以消除人民的祸患,珍惜朝廷的各种名誉赏赐,而留下来奖给真正的有功的臣子,如此等等的建议是不容易全部列举的。可以说是送给病人的苦口良药,是给得了不治之症的病人在要害之处进行针灸。假使德宗皇帝完全采用陆贽的意见,那么盛唐时期的"贞观之治"就可以再次实现。

我们常常从西书房出来，就私下交谈，认为像皇上你这样的睿智聪明，一定会喜欢陆贽奏议和论文。只要让圣明如陛下和贤能如陆贽能够意见投合，就如像君臣在同一个时代那样了。从前冯唐对汉文帝谈论廉颇和李牧的贤能，文帝听了为不能得到这样的良将而叹息。魏相向汉宣帝逐条陈述晁错、董仲舒对当时的皇帝提出的建议，汉宣帝采用这些意见得到了汉朝的中兴的局面。如果陛下能够自己选择老师，不如就近选择唐朝的陆贽。六经、三史、诸子百家的学说，不是没有可以学习的，都可以用来治理好国家。但圣贤们的理论都很深奥博大，后来的学者们又把它解释得支离破碎。譬如山太高了，海太深了，很难用它百分之一二这样很小的一部分来加以推衍选择。而陆贽的奏议，打开来就一目了然。它汇集了古今政论的精华，实在是反映国家不论太平还是混乱的一面最好的镜子。我们想拿他的奏议，稍微加以检校修正，抄写清楚呈送给皇上。希望陛下把它放在座位旁边，就像看到陆贽一样，反复熟读这些文章，好像同陆贽当面对话。这样就一定能够启发陛下那很高的智慧和聪明，在不长的岁月里完成治国平天下的功业。这就是我们的一点共同的心愿，请您决定取舍。

前赤壁赋

【题解】

　　这篇文章是宋神宗元丰五年(1082年)苏轼在黄州时所作。元丰二年苏轼因"乌台诗案"入狱,辩诬后仍被贬到黄州任团练副使,至此已近四年。长期的贬谪生活,多次迁徙,飘泊无定,积郁忧愤的心情,实在难免。尽管苏轼以自己能超然物外自诩,有他尚能旷达放情的一面,但深藏胸中的一缕愁绪,仍不免从笔端流露出来。有人评他的《赤壁赋》,"观江涛汹涌,慨然怀古""盖忘意于世矣"。可是苏轼在把自己手写的《赤壁赋》寄给傅钦之时却叮嘱说:"多事畏人,幸无轻出。"从苏轼这样的谨小慎微,可以看出他的精神压抑和内心矛盾。即使不如文证明所说,赋中有讽刺当时当权者的意思,但也绝不竟"忘于世矣",倒不如说他是,"行歌笑傲,愤世嫉邪",还比较确当。

　　文章开始写月夜泛舟同游赤壁,饮酒放歌飘飘欲仙的乐趣。接着从客人箫声的悲凉引出了主客的对话。前面的乐是作者思想感情的外在形式,而客人的悲,却坦呈出作者思想感情的内蕴,这乐的外貌与悲的内蕴之间的矛盾,最后统一在主人的解答中。他从"变""不变"和"物各有主"的议论中引出的结论是:只有江上的清风,山间的明月,才是大自然用之不尽的宝藏,是我们可以共同享有的。这显然是一种自我解脱的方式,其实也是一种回避矛盾、自我解嘲的无可奈何心理的反映。

【原文】

　　壬戌[1]之秋,七月既望[2],苏子[3]与客泛舟游于赤壁之下。清风徐[4]来,水波不兴。举酒属客[5],诵明月之诗[6],歌窈窕[7]之章。

少焉[8],月出于东山之上,徘徊于斗牛[9]之间。白露横江[10],水光接天。纵一苇之所如[11],凌万顷[12]之茫然。浩浩乎如冯虚御风[13],而不知其所止;飘飘乎如遗世[14]独立,羽化[15]而登仙。

于是饮酒乐甚,扣舷[16]而歌之。歌曰:"桂棹兮兰桨[17],击空明兮溯流光[18]。渺渺[19]兮予怀,望美人兮天一方[20]。"客有吹洞箫[21]者,倚歌[22]而和之。其声呜呜[23]然,如怨,如慕[24],如泣,如诉[25];余音袅袅,不绝如缕[26]。舞幽壑之潜蛟[27],泣孤舟之嫠妇[28]。

苏子愀然[29],正襟危坐[30],而问客曰:"何为其然也[31]?"客曰:"'月明星稀,乌鹊南飞',此非曹孟德[32]之诗乎?西望夏口[33],东望武昌[34],山川相缪[35],郁乎苍苍[36],此非孟德之困于周郎[37]者乎?方其破荆州[38],下江陵[39],顺流而东也,舳舻千里[40],旌旗蔽空[41],酾酒[42]临江,横槊赋诗[43],固一世之雄也[44]!而今安在哉?况吾与子,渔樵于江渚之上[45],侣鱼虾而友麋鹿[46],驾一叶[47]之扁舟,举匏樽[48]以相属。寄蜉蝣于天地[49],渺沧海之一粟[50]。哀吾生之须臾[51],羡长江之无穷。挟飞仙以遨游[52],抱明月而长终[53]。知不可乎骤得,托遗响于悲风[54]。"

苏子曰:"客亦知夫水与月乎?逝者如斯,而未尝往也[55];盈虚者如彼,而卒莫消长也[56]。盖将自其变[57]者而观之,则天地曾不能以一瞬[58];自其不变者而观之,则物与我皆无尽[59]也,而又何羡乎[60]?且夫[61]天地之间,物各有主,苟非吾之所有,虽一毫而莫取。惟江上之清风,与山间之明月,耳得之而为声,目遇之而成色,取之无禁[62],用之不竭,是造物者之无尽藏[63]也,而吾与子之所共适[64]。"

客喜而笑,洗盏更酌[65],肴核[66]既尽,杯盘狼藉[67]。相与枕藉[68]乎舟中,不知东方之既白[69]。

苏 轼 散 文

【注释】

[1]壬戌:宋神宗赵顼元丰五年(1082年)。[2]既望:阴历每月的十六。望,十五日。[3]苏子:苏轼自称。[4]徐:慢慢地。[5]举酒属客:端起酒杯,请客人对饮。[6]明月之诗:指曹操的《短歌行》,诗中有"明如月,何时可掇"和"月明星稀,乌鹊南飞"之句。[7]窈窕:指《诗经·关雎》篇里第一章,诗中有"窈窕淑女,君子好逑"之句。[8]少焉:一会儿。[9]徘徊:来回地走动,想前而又不前的样子。斗牛:斗宿、牛宿,是星辰的名字。[10]白露横江:水汽罩满江面之上。[11]纵一苇之所如:听凭小船在茫无边际的江上飘荡。[12]凌:越过。万顷:形容江面宽广。[13]浩浩乎:形容水势盛大的样子。冯虚御风:像是在天空里驾着风飞行。[14]遗世:脱离人间。[15]羽化:古人称成仙为羽化。[16]扣舷:敲着船边。[17]桂棹兰桨:划船用具的美称。[18]空明:形容月亮映照在水中的澄明之色。流光:水面浮动的月光。[19]渺渺:悠远。[20]美人:指作者所思慕的人。天一方:遥远的地方。[21]洞箫:即箫。[22]倚歌:按着歌子的声调和节拍。[23]呜呜:拟声词。[24]如怨,如慕:像是在怨恨,又像是在思慕。[25]如泣,如诉:像是在哭泣,又像是在申诉。[26]余音:指尾声。袅袅:形容声音的婉转悠长。缕:细丝。[27]舞幽壑之潜蛟:使藏在深水里的蛟龙因而起舞。[28]泣孤舟之嫠妇:使坐守空船的寡妇因而哭泣。[29]愀然:忧愁的样子。[30]正襟危坐:理好衣服,严肃地坐着。[31]何为其然也:为什么吹得这样悲凉呢?[32]曹孟德:即曹操。[33]夏口:今湖北武昌。[34]武昌:三国吴时的武昌县,即今湖北省鄂城县。[35]缪:连接,环绕。[36]郁乎苍苍:指山树茂密,一片苍翠。[37]周郎:指三国时吴国的将军周瑜。他在赤壁之战中击溃曹操号称八十万的大军。[38]破荆州:汉献帝(刘协)建安十三年(公元208年),刘琮(荆州刺史刘表的次子)率兵向曹操投降,操军不战而占领荆州、江陵。[39]下江陵:曹操得荆州后,又于今湖北省当阳县长坂一带击败刘备,攻下江陵。[40]舳舻千里:船舰前后连接,长达千里。舳,船尾。舻,船头。[41]旌旗蔽空:形容无数飘扬的军旗遮盖了天空。[42]酾酒:斟酒。[43]横槊赋诗:指曹操曹丕两父子鞍马间作文,往往横槊赋诗。槊,长矛。[44]固一世之雄也:本是当时了不起的英雄啊。[45]渔樵于江渚之上:像渔夫樵夫那样生活在江中和沙洲上。这是比喻贬官,放逐在江湖间的生活。[46]侣鱼虾而友麋鹿:和鱼虾做伴侣,与麋鹿做朋友。[47]一叶:形容船小得像一片小叶子。[48]匏樽:酒器。匏,葫芦的一种。[49]蜉蝣:朝生暮死的小虫。比喻人类生存于世间的短暂。[50]渺沧海之一粟:像大海里的一粒米那么渺小。[51]须臾:片刻间。[52]遨游:远游。[53]长终:永久存在。[54]遗响:余音。悲风:秋风。[55]逝者如斯,而未尝往也:江水总是这样不断地奔流,可是它始终没有消失掉。[56]盈虚者如彼:月亮总是那样有圆(盈)有缺(虚)。卒莫消长:它始

41

终没有消失或者增长。[57]变:是要从它变化的面来看。[58]一瞬:一眨眼,比喻时间的短暂。[59]物与我皆无尽:指万物和人类都是永远存在的。[60]何羡乎:又何必羡慕呢![61]且夫:发语词。[62]无禁:没有谁来禁止。[63]造物者:指天。无尽藏:无穷无尽的宝藏。[64]共适:共同享受。[65]更酌:重新斟酒。[66]肴:荤菜。核:果品。[67]狼藉:杂乱的样子。[68]枕藉:纵横相枕而睡。[69]既白:已经天亮了。

【译文】

　　壬戌年的秋天,七月十六日,我同客人乘船到赤壁下面去游玩。清新的微风慢慢地吹拂着,水面轻波荡漾,我高高地举起酒杯请客人们喝酒,口中朗诵了《诗经》的《明月》诗篇,吟唱着《窈窕》篇章。过了不久,月亮从东面的山上升起来了,又慢慢地在斗宿和牛宿星之间徘徊。夜渐渐深了,江面上弥漫着白茫茫的水雾,好像把水和天连接起来了。我们坐在小船上,任它自由飘荡,在雾蒙蒙的广阔江面上,浩浩荡荡好像驾着风凌空飞行,不知道会飞到哪里才会停止;这样轻飘飘地毫无挂碍地离开了人世间,好像修道的人已经得道成仙。

　　于是在喝酒喝到兴高采烈的时候,我就敲打着船舷放声高唱起来,歌词是这样的:"摇着还散发桂兰芳香的船桨,击打着清澈的江水,在月光闪闪的水面上逆流而进;在我那空荡荡的心里,深深思念着和我天各一方的美人。"有个会吹箫的客人,就按照歌词的节奏,应和伴奏起来。呜呜的箫声,流出的是一缕怨恨,还是一片仰慕;它好像是在哀哀的哭泣,又好像是在娓娓地倾诉。箫声逐渐停歇,而悠悠的余音像飘在空中的一缕细丝,很久都没有消失,这动人心弦的箫声,使潜藏在也为之起舞,使一叶孤舟上的寡妇感动得哀哀地哭泣。

　　我也感到一阵哀伤,端端正正地坐在座位上,向吹箫的客人问道:"你为什么吹得这样悲怆呢?"客人回答说:"'月明星稀,乌鹊南飞',这不是当年曹孟德所作的充满豪气的诗吗?你看这里,向西望去是夏口,往东望去是武昌,山环水复,互相盘绕,草木繁茂,满目青翠,这不是当年曹孟德被周瑜围困的地方吗?想当年曹孟德刚刚攻破荆州,拿下了江陵,指挥着他的大军顺着江水往东前进的时候,江里面的大小船只首尾相联、绵延千里,各种战旗遮天蔽日,面对这样宏大的军容和阵势,曹操意气风发对着大江开怀畅饮,在马上挥舞着长矛,下马后就即兴赋诗,真是气概非凡的一代英雄啊!但现在他又在哪里呢?何况我和你在江上过着像渔人樵夫那样的生活,和鱼虾做伴侣,把麋鹿当朋友,或者驾驶着像一片树叶似的小船,举起葫芦做的酒杯互相劝酒,就像朝生暮死的蜉蝣生长在广阔无边的天地里,也像茫茫大海里一颗小小米粒。可怜我们的生命是那样短促,羡慕滔滔长江水无穷无尽地奔流。然而同神仙一道飞行遨游,永远同明月一齐永远存在,这样的神仙日子,又明明知道是不可能实现的,只能将我的心声寄托在这箫音里,伴随着悲凉的秋风吹奏出来。"

我听了就说:"你也懂得水和月的事吗?江水不停的流过去,却永远不会消失;月亮有圆有缺,但始终没有增减或消失。如果从事物发展的角度来观察,天地的存在也不过是一眨眼工夫的事;如果从静止的角度来观察,我们和万物都不会有穷尽的时候,那么又有什么值得羡慕的呢?况且在天地之间,万物都有各自的主人,假如不是我所有的,就是一丝一毫也不应该去拿。只有这江上的清风,山间的明月,你耳朵听到的就是风声;眼睛看到的就是月色,没有谁禁止你去享用,而且你也永远享用不完,这是大自然的无穷无尽的宝藏,是我和你能够共同享受的。"

说到这里,客人高兴地笑起来,于是我们洗干净酒杯,又重新喝起酒来,把菜肴果品都吃个精光,桌子上的杯杯盘盘丢得到处都是。人们也相互偎靠着睡在船里,都不知道东方已经发白,天已经快亮了。

后赤壁赋

【题解】

《后赤壁赋》是在作《前赤壁赋》后三个月再游赤壁所作。人们往往把两篇赋联在一起来读,说:"若无后赋,前赋不明;若无前赋,后赋无谓。"其实,前赋是借景说理,后赋是写景抒情,它们所寄托的意思却是相同的。

这篇《后赤壁赋》的特点在于对景物形象生动而精确的描写。眼前常见的景物经它一语道破,就能使你感觉一新,似乎今天才初次看到一样。全文只有四百多字,从开始商量到如何游赤壁,到登山、泛舟、记梦,一一写来,情景毕现,表现了苏轼高度的艺术表现力。

【原文】

是岁[1]十月之望,步自雪堂[2],将归于临皋[3]。二客从予过黄泥之坂[4]。霜露既降,木叶尽脱,人影在地,仰见明月,顾而乐之,行歌相答[5]。

已而叹曰:"有客无酒,有酒无肴,月白风清,如此良夜何[6]?"客曰:"今者薄暮[7],举网得鱼,巨口细鳞,状如松江之鲈[8]。顾安所得酒乎[9]?"归而谋诸妇[10]。妇曰:"我有斗[11]酒,藏之久矣,以待子不时之须[12]。"于是携酒与鱼,复游于赤壁之下。江流有声,断岸千尺[13];山高月小,水落石出。曾日月之几何[14]而江山不可复识矣[15]!予乃摄衣而上[16],履巉崖[17],披蒙茸[18],踞虎豹[19],登虬龙[20],攀栖鹘之危巢[21],俯冯夷之幽宫[22]。盖[23]二客不能从焉。划然长啸[24],草木震动,山鸣谷应[25],风起水涌。予亦悄然[26]而悲,肃然[27]而恐,凛乎[28]其不可留也。反[29]而登舟,放乎中流,听其所止而休焉[30]。

时夜将半,四顾寂寥[31]。适有孤鹤,横江东来。翅如车轮[32],玄裳缟衣[33],戛然[34]长鸣,掠[35]予舟而西也。

须臾客去,余亦就睡。梦一道士,羽衣翩跹[36],过临皋之下,揖予[37]而言曰:"赤壁之游乐乎?"问其姓名,俯[38]而不答。"呜呼!噫嘻[39]!我知之矣。畴昔之夜[40],飞鸣而过我者,非子也耶?"道士顾笑,予亦惊悟[41]。开户视之,不见其处。

【注释】

[1]是岁:元丰五年(1082年)。[2]雪堂:苏轼在黄州东坡建筑的住所,四壁都画雪景。在黄冈市东。[3]临皋:在黄冈市南长江边。[4]黄泥坂:黄冈东面东坡附近的山坡。[5]行歌相答:边走边吟诗,互相唱和。[6]何:奈何,怎么办。[7]薄暮:天快黑的时候。[8]松江之鲈:松江(今属上海市)产四鳃鲈鱼,味鲜美。[9]安所得酒乎:从什么地方能够弄到酒呢?[10]谋诸妇:我妻子想办法。[11]斗:古代盛酒的器具。[12]不时之须:随时的需要。[13]断岸千尺:陡峭的江岸,高达千尺。[14]曾日月之几何:经过的时间很短。[15]不可复识矣:再也不认识了。[16]摄衣而上:把衣服的下摆提起来走上岸去。[17]履巉岩:踩踏上险峻的山崖。[18]披蒙茸:分开丛生的野草。[19]踞虎豹:坐在形状如虎豹的大石上。[20]登虬龙:指盘曲、古老的树木。[21]鹘、鹫:危巢:筑在悬崖上的鸟窝。[22]俯:低头看。冯夷:古代传说中的水神。幽宫:深宫。这里指水神住的水府。[23]盖:承接上文的连接词。[24]长啸:摄口发出清越而悠长的声音。[25]山鸣谷应:指回响。[26]悄然:忧伤的样子。[27]肃然:严肃的样子。[28]凛乎:恐惧的样子。[29]反:同"返"。[30]听其所止而休焉:听凭小船漂流到什么地方,就在什么地方歇息。[31]寂寥:冷静空虚。[32]翅如车轮:翅膀张开像车子轮盘那么巨大。[33]玄裳缟衣:黑裙白衣。丹顶鹤(仙鹤)身上纯白,羽尾是黑色,所以这样形容它。[34]戛然:象声词。[35]掠:擦过。[36]羽衣:称道士为羽士,指道士穿的衣服。翩跹:形容轻扬飘逸的样子。[37]揖予:向我拱手为礼。[38]俯:低着头。[39]呜呼、噫嘻:都是感叹词。[40]畴昔之夜:昨夜。[41]惊悟:惊醒。

【译文】

就是这一年的十月十五日,我从黄州东坡的雪堂步行回城南边的临皋馆,有两位客人同我一道走过了黄泥坡。已经是深秋时节,树林的叶子都落光了,看见地上的人影子,再抬头一看,明月已挂在天上了,我们高兴地互相望望,就你唱我和地一面走一面唱起歌来。

过了一会儿,我叹了口气说:"有客没有酒,有酒没有下酒的菜,月亮这么明净,晚风这么清新,怎样度过这么美好的夜晚呢?"有个客人说:"今天傍晚时候,我用网捕到了鱼,口巨鳞细,样子好像有名的松江鲈鱼。但如何能弄到酒呢?"回到临皋馆,我和妻子商量看去哪里能弄到酒,妻子说:"我倒有一壶酒,收藏很久了,是给你临时需要准备的。"于是我们携带着鱼和酒,再一次到赤壁下面去游玩。江里的流水发出哗哗的声音,陡峭的岩岸有千百丈高;在高高的山岩上面,月亮也显得小了,水面落下去,石岩露出来,山就显得更高。离我们上一次夜游赤壁时间还没有过去多久,但山和水的样子都变得认不出来了。于是我们撩起衣衫下摆朝岩岸上爬去,翻过险峻的山岩,穿过茂密的草丛,坐在形状好像蹲伏着的虎豹的石头上,爬上那弯曲盘绕好像虬龙般的古老树木,摸到了筑在很高的危岩上的凶猛的鹘鸟窝巢,在高处低俯视水神深藏在水下的宫殿。这时二位客人已跟不上来了。我发出一声尖厉的长啸,把周围的草木震得簌簌作响,远近的山谷也产生了共鸣,送来了回声,似乎风也刮起来了,江水也在翻涌。一阵悲凉的感觉暗暗地涌上了心头,我忽然觉得恐惧起来,害怕得不敢再在那里停留下去。于是寻找旧路回到船上,把船划到江心,就收桨停橹,让船自由地顺水漂行,漂到哪儿停下了,我们就在那儿休息。

时间快到半夜了,周围都是静悄悄的。恰好有一只孤独的白鹤,掠过江水向东飞来。它扇动着像车轮那样的翅膀,穿着黑色的裙子和洁白的上衣,发出一声悠长的鸣叫声,从我们所乘的小船上面掠过朝西边飞去。

不久客人走了,我也回去睡下了。梦见一个道士穿着轻盈飘逸的道家服装,从临皋馆经过,向我拱手为礼并且向我说:"你们在赤壁游玩得快活吗?"我请问他的姓名,他却低着头没有回答。"哎哟哟!我忽然明白过来。昨天晚上,鸣叫着飞过我们小船的,不就是你吗?"道士看着我笑起来了,我也一下子惊醒了。打开房门四处寻找,却没有见到他的踪影。

黠鼠赋

【题解】

　　这是一篇寓言式的小品文。是写一只狡猾的老鼠用装死来逃脱被捕的厄运,从而引出一番议论,说人虽然有最高的智慧,能够役使万物,但一旦精神分散,心不专一,就连一只小老鼠也能欺骗你。这篇短小的咏物赋,写得轻快活泼,富有启发性。

【原文】

　　苏子夜坐,有鼠方啮[1]。拊[2]床而止之,既止复作。使童子烛之[3],有橐[4]中空。嘐嘐聱聱[5],声在橐中。曰:"嘻!此鼠之见闭而不得去者也。"发[6]而视之,寂无所有,举烛而索,中有死鼠。童子惊曰:"是方啮也,而遽死耶[7]?向为何声,岂其鬼耶?"覆出之,堕地乃走,虽有敏者,莫措其手[8]。

　　苏子叹曰:"异哉!是鼠之黠也。闭于橐中,橐坚而不可穴也[9]。故不啮而啮,以声致人[10];不死而死,以形求脱也[11]。吾闻有生,莫智于人[12]。扰龙伐蛟[13],登龟狩麟[14],役万物而君之[15],卒见使于一鼠;堕此虫之计中,惊脱兔于处女[16],乌在其为智也[17]。"

　　坐而假寐[18],私念[19]其故。若有告余者曰:"汝惟多学而识之,望道而未见也[20]。不一于汝,而二于物[21],故一鼠之啮而为之变也[22]。人能碎千金之璧,不能无失声于破釜[23];能搏猛虎,不能无变色于蜂虿[24]:此不一[25]之患也。言出于汝,而忘之耶?"余俛而笑,仰而觉。使童子执笔,记余之作。

【注释】

[1]啮:咬。[2]拊(fǔ):拍。[3]烛之:用灯照一下。[4]橐:指箱状的盛衣服或食物的器具。[5]嘐(xiāo)嘐聱(áo)聱:象声词,是形容鼠啮咬的声音。[6]发:打开。[7]而遽死耶:而突然死去了呢?[8]虽有敏者,莫措其手:是说再敏捷的人也是措手不及,是写黠鼠装死骗人而逃脱了。[9]不可穴:是说不能咬出个洞孔。[10]以声致人:指以咬声招引人的注意。或以咬声来支使人。[11]不死而死,以形求脱也:是说以死鼠的样子来求得逃脱的机会。[12]莫智于人:没有比人更有智慧的。[13]扰龙伐蛟:扰龙,侵犯龙。《左传》上说夏代的孔甲能够扰龙。伐蛟,擒蛟。《吕氏春秋·夏季》说:"令渔师伐蛟取鼍。"[14]登龟:用龟。古代占卜需用龟壳。狩麟:春秋时鲁哀公十四年出狩西郊,曾猎到叫麟的动物。[15]役万物而君之:是说人能役使万物,而且做它们的主宰。[16]惊脱兔于处女:是说黠鼠在处女般的老实人面前像脱兔那样快的突然逃掉了。《孙子·九地》形容用兵敏捷说:"始如处女,敌人开户,后如脱兔,敌不及拒。"[17]乌在其为智也:怎么能算做有智慧呢?是苏轼悟出鼠的狡猾,感叹人为物所骗了。[18]假寐:闭目打盹。[19]私念:独自想念。[20]识:通"志"。望道而未见也:是说离得道还远呢。[21]而二于物:是说你自己不专心,而受外物的干扰、左右。[22]故一鼠之啮而为之变也:是说有一只老鼠啮咬你就不能安坐下来,不能不受其支配了。[23]人能碎千金之璧:人有时砸碎了一块璧玉也不动声色。不能无失声于破釜:是说有时打破了一个锅却不自禁地会发生惊叫声。[24]不能无变色于蜂虿:是说有时不免见蜂虿而变色。虿,蝎子一类的毒虫。[25]不一:不专心。

【译文】

一天晚上,我正安静地坐着,忽然听见有老鼠正在咬东西。我拍拍床板驱赶老鼠,但拍过以后,老鼠又继续在啃咬。我叫童子点蜡烛来照看,看到一个空箱子,老鼠啃咬的声音就在那箱子里。我说:"嘻,这只老鼠被关在箱子里出不来了。"打开箱子一看,没有声音也未见老鼠,拿起蜡烛仔细一找,才看到一只死老鼠。童子吃惊地说:"刚才还在咬东西嘛,怎么忽然就死了呢?先前的是什么声音,莫非是这老鼠的鬼魂吗?"于是,就翻转箱子把老鼠倒出来,可是,老鼠一落地就跑了,就是反应最快的人,也抓不住它。

我颇有感慨地叹了一口气,说:"多么奇怪啊!这只老鼠太狡猾了。它关在箱子里,箱子牢实,它咬不成洞。因此,它不是为了打洞才啃咬的,而是故意用啃咬的声音把人招引来;它并没有死而装死,是为了用已经死了的样子来麻痹人们而谋求逃命。我听说过,人为百灵之长,在所有有生命的物体中,人的智慧是最高的。人敢于侵犯龙、擒捉蛟,使用龟壳、狩猎麒麟,役使万物主宰万物,结果却被一只老鼠所左右,中了这小东西的计,让它那么快的逃掉,这并非在于这只老鼠有智慧吧!"

  我坐在那里闭上眼睛,独自思索到底是什么缘故。如果有人告诉我说:"你只是多读了点书,有了点知识,而对道德真理也只是望而未见,还离得甚远。因为你不能做到专心一致,而受到外物的左右,因此一只老鼠的啃咬声音,就使你分心不能安坐,进而受到狡猾老鼠的欺骗和左右。人能面对砸碎价值千金的璧玉而不动声色,却会因为砸破一口锅而发出惊叫;人敢于同猛虎搏斗而不感到胆怯,却会在看到蜂蝎这些毒虫时感到害怕而变色:这些都是心不专一、精神涣散的毛病啊。这些话本是你自己说的,而你自己忘记了吗?"我低头笑了起来,但一仰头就清醒过来。就让童子拿起笔,把我想好的这篇文章记录下来。

浊醪有妙理赋

【题解】

这篇文章是苏轼晚年被贬去琼州以后写的,所以惠洪和尚的《冷斋夜话》说,在海上作《浊醪有妙理赋》云云。

这篇反复咏叹"酒德""酒功"的文章,通过广征博引,在颂赞评说中饱蕴着苏轼个人的深刻人生体验。如果说苏轼在《放鹤亭记》中赞赏刘伶、阮籍的放荡好酒,流露出一种对隐逸生活的企慕之情,那么这篇作于他年过花甲,又远放琼州,专门写酒的文章,更超越了他在仕途坎坷中产生的出仕和退隐的思想矛盾,而是从广泛的人生高度来谈论清醒与沉醉的各种各样世态。通篇写得极其平淡自然,不带任何烟火气。这和他在这个时期从过去推崇杜甫为"古今诗人"之首,进而认为陶渊明可以压倒一切诗人,这种变化发展是一致的。

【原文】

酒勿嫌浊[1],人当取醇[2]。失忧心于卧梦,信妙理之凝神。浑盎盎[3]以无声,始从味入。杳冥冥[4]其似道,径得天真。伊人之生,以酒为命,常因既醉之适,方识此心之正[5]。稻米无知,岂解穷理。麹糵[6]有毒,安能发性。乃知神物之自然,盖与天工而相并。得时行道,我则师齐相之饮醇[7]。远害全身,我则学徐公之中圣[8]。

湛[9]若秋露,穆[10]如春风。疑宿云之解驳[11],漏朝日之瞰红[12]。初体粟之失去,旋眼花之扫空。酷爱孟生,知其中之有趣[13]。犹嫌白老,不颂德而言功[14]。兀[15]尔坐忘,浩然天纵[16]。

如如不动,而体无碍。了了常知,而心不用。坐中客满,惟忧百榼[17]之空。身后名轻,但觉一杯之重。今夫明月之珠,不可以襦[18]。夜光之璧,不可以餔[19]。刍豢[20]饱我而不我觉。布帛燠[21]我而不我娱。惟此君独游万物之表,盖天下不可一日而无。在醉常醒,孰是狂人之药[22]。得意忘味,始知至道之腴[23]。又何必一石亦醉,罔间州闾[24]。五斗解酲[25],不问妻妾[26]。结袜廷中,观廷尉之度量[27]。脱靴殿上,夸谪仙之敏捷[28]。阳醉逖[29]地,常陋王式之褊[30]。乌歌仰天,每讥杨恽之狭[31]。我欲眠而君且去,有客何嫌[32]。人皆劝而我不闻[33],其谁敢接。殊不知人之齐圣,匪昏之如[34]。古者晤语,必旅之于[35]。独醒者,汨罗之道[36]也。屡舞者,高阳之徒欤[37]。恶蒋济而射木人,又何狷浅[38]。杀王敦而取金印,亦自狂疏[39]。故我内全其天,外寓于酒。浊者以饮吾仆,清者以酌[40]吾友。吾方耕于渺莽[41]之野,而汲于清冷之渊[42],以酿此醪[43],然后举窪樽[44]而属无口。

【注释】

[1]濁:浊的繁体字。即浑浊不清。[2]醇:指酒质厚,纯一不杂的意思。[3]盎:一种腹大口小的盛器。颜师古注:"缶、盆、盎,一类耳。缶即盎也。大腹而敛口;盆则敛底而宽上。"盎盎:盈溢的样子。苏轼《新酿桂酒》诗:"捣香筛辣入瓶盆,盎盎春溪带雨浑。"是说丰厚盈溢之意。[4]杳冥冥:幽暗、深远,见不到踪影。指极远之处。[5]方识此心之正:僧惠洪《冷斋夜话》:"东坡曰:'予少官凤翔,行山邸,见壁间有诗曰:人间无漏仙,兀兀三杯醉。世上没眼禅,昏昏一觉睡。虽然没交涉,其奈略相似。相似尚如此,何况真个是。'故其海上作《浊醪有妙理赋》曰:'常因既醉之适,方识此心之正。'"[6]麴:曲的异体字。蘖:树木的嫩芽。[7]我则师齐相之饮醇:《曹参传》:"参尝为齐相,及代萧何,参不事事,来者皆欲有言,参辄饮以醇酒,度之欲有言,复饮酒,醉而后去,终莫得开说,以为常。"[8]我则学徐公之中圣:《魏志》:"徐邈,字景山,魏国初建为尚书郎,时禁酒甚严,而邈私饮至于沉醉。校事赵达问以曹事,邈曰中圣人。达白之太祖,太祖甚怒。度辽将军鲜于辅进曰,平日醉客,谓酒清者为圣人,浊者为贤人,邈性修谨,偶醉言耳。竟免刑。"[9]湛:澄清。[10]穆:严肃、美好。[11]解:剖开。驳:传说中的猛兽名。《尔雅·释畜》:"驳如

马,倨牙,食虎豹。"亦指树名,又名驳马。孔颖达疏:驳马,梓榆也,其树皮青白驳荦,遥视似驳马,故谓之驳马。"[12]暾(tūn):初升的太阳。《楚辞·九歌·东君》:"暾将出兮东方。"[13]知其中之有趣:东晋时有个孟嘉好饮酒,饮得很多亦不昏乱。桓温(东晋明帝的女婿)问孟嘉:"酒有什么好?而你如此特殊地嗜好它。"孟嘉回答说:"你不知道酒中之趣罢了。"[14]不颂德而言功:唐太子宴宾客时乐东天亦嗜好酒,作《酒功颂》大略云:"百虑齐息,时乃之德。万缘皆空,时乃之功。"[15]兀:作语助,用在句首。[16]天纵:《论语·子罕》:"大宰问于子贡曰:'夫子圣者与?何其多能也!'子贡曰:'固天纵之将圣,又多能也。'意思是上天使他成为圣人,又多才多艺。[17]榼:古代盛酒或贮水的器具。刘伶《酒德颂》:"止则操卮执觚,动则挈榼提壶。"[18]襦短衣、短袄。[19]餔:吃。[20]刍豢:食草的动物叫刍,指牛羊;食谷等粮食的动物叫豢,指猪犬等。[21]燠:温暖。[22]孰是狂人之药:《晋石崇传》:"崇以功臣子有才气,与楷志趣各异,不与之交。长水校尉孙季舒尝与崇酣燕,慢傲过度,崇欲表免之。楷闻之,谓崇曰:'足下饮人狂药,责人正礼,不亦乖乎。'"[23]腴:腹下的肥肉。《南史·梁武帝纪下》:"食止一日,膳无鲜腴。"亦是肥美的意思。[24]冈间州闾:《史记·滑稽传》:"齐威王置酒后宫,召淳于髡赐酒,问曰:'先生能饮几许而醉。'髡曰:'一斗亦醉,一石亦醉。赐酒大王之前,执法在傍,御史在后,髡恐惧俯伏而饮,一斗径醉。若州闾之会,男女杂坐,前有堕珥,后有遗簪,髡窃乐此,饮可八斗。堂上烛灭,主人留髡,而出送客,罗襦衿解,微闻香泽,当此之时,髡心最欣,能饮一石。'"冈,同"罔",是无、没有的意思。髡:古代刑罚的名称。剃去头发叫髡。[25]酲:酒醒后所感觉的困惫如病的状态。[26]不问妻妾:刘伶,字伯伦,西晋沛国(今安徽省宿县)人。是"竹林七贤"之一。嗜酒,作《酒德颂》。有一次刘伶非常渴,向妻子要酒喝。妻子说:"你喝酒太多了,不是养生之道。对身体没有好处,必须戒掉。"刘伶说:"好。但我管不了自己,必须在鬼神前发誓才行,要准备酒肉。"他妻子就照办了。刘伶跪下祷祝说:"天生刘伶,以酒为命,一饮一斛,五斗解醉。妇女之言,不可以听。"于是饮酒吃肉,又喝醉了。[27]观廷尉之度量:《史记·张释之列传》云:"王式者,善为黄老言,尝召居廷中,公卿尽会立,王生老人曰:'吾袜解,顾谓释之为我结袜。'释之跪而结之,既已。人或责王生,王生曰:'廷尉方天下名臣,吾故聊使结袜。欲以重之耳。'"[28]夸谪仙之敏捷:《李白传》:"白尝侍帝,醉,使高力士脱靴。力士素贵,耻之,摘其诗以激杨贵妃,帝欲官白,妃辄沮止。"摘(zhī):发动,指使。[29]踼(dàng):跌倒。颜师古注:"踼,失据而倒也。"[30]常陋王式之褊:《儒林传》:"王式既被诏,止舍中,会诸博士持酒肉劳式,博士江翁曰:'歌骊驹。'式曰:'闻之于师,客歌骊驹,主人歌客毋庸归。'江翁曰:'经何以言之。'式曰:'在曲礼。'江翁曰:'何徇曲也。'式耻之,阳醉踼地,遂谢病免归。"褊,狭隘褊小。[31]每讥杨恽之狭:前汉《杨恽传》:"恽报孙会宗书云,酒后耳热,仰天拊缶,而呼乌乌。"[32]有客何嫌:

《陶潜传》:"贵贱造之者,有酒轧设,潜若先醉,便语客曰,我醉欲眠,卿且去,其真率如此。"[33]人皆劝而我不闻:韩愈《醉赠张秘书》:"人皆劝我酒,我若耳不闻。"[34]匪昏之如:《小宛诗》:"人之齐圣,饮酒温克,彼昏不知,一醉日富。"[35]必旅之于:是说乡老和乡大夫贡士后,行乡射之礼,以此来征询众人。(乡大夫是掌管一乡政教的地方官。)[36]汨罗之道:《史记》:"屈原谓渔父曰:'举世混浊,而我独清;众人皆醉,而我独醒。'遂投汨罗以死。"[37]高阳之徒欤:《史记·朱建传》:"初沛公过陈留,郦生上谒,沛公方洗,问使者曰:'客何人也。'曰:'状貌类大儒。'沛公曰:'为我谢之,言我方以天下为事,未暇见儒人也。'使者出谢,郦生瞋目,按剑叱使者,走复入言沛公曰:'吾高阳酒徒也。'"[38]恶蒋济而射木人,又何狷浅:《魏典》略曰:时苗,字德胄,他去当寿春令时,想拜见扬州治中蒋济。蒋济素嗜好酒,当时,蒋济因为醉酒不能见他。于是,时苗非常愤怒、怨恨,回来后,刻个木人,写上"酒徒蒋济",立于墙下,从早到晚地射木人。狷浅:是说器量狭小,而又性情急躁、浅薄。[39]杀王敦而取金印,亦自狂疏:晋周𫖮,字伯仁,官至尚书左仆射。能饮酒一石。因经常酒醉不醒,被人叫作"三日仆射"。王敦(任大将军、荆州牧。手握重兵)反,王导率众向朝廷请罪,正碰见周𫖮去见皇帝,王导说,希望你为我多辩解。周𫖮不理他就进去了。周𫖮见帝后说:王导虽然是王敦堂弟,但他本人没有罪,极力为其解脱。周𫖮喜欢喝酒,醉后出来,王导还在门口等他,王导叫他,周𫖮不与他说话。却对跟随左右的人说:"今年杀了诸贼后,取金印斗大带上。"王导于是很恨他。后来周𫖮被王敦杀了。王导后来才知道周𫖮曾力救自己,悔恨自己不劝阻王敦,所以有"吾虽不杀伯仁,伯仁由我而死"的话。[40]酌:斟酒、饮酒。李白《月下独酌》诗:"花间一壶酒,独酌无相亲。"[41]渺莽:指野色迷茫的郊野,遥望之不甚分明的样子。[42]渊:深潭。《庄子·列御寇》:"夫千金之珠,必在九重之渊。"[43]醪(láo):指汁滓混合的酒,引申为浊酒。[44]窪(wā)樽:酒杯。

【译文】

  不要嫌酒是浑浊的,人们应当选择的是酒质是否纯正。酒醉入梦就可以忘掉忧愁,相信这个很好的道理就不再为纷繁的世事去徒费神思。开始还不声不响地一坛一坛地品味,喝到后来就好像已成仙得道,得到返朴归真。有的人在一生中把酒当作命根子,常常从喝醉以后的舒适感中,才能能撇开一切杂念正确地认识自己。作为酿酒原料的稻米是没有知觉的,岂能懂得人生的深刻道理。酿酒用来发酵的麴蘖是有毒性的,怎么能够激发人们的天性。而用它们酿造出来的酒却是来自天然的神奇东西,是可以以和天的造物之功相提并论的。如果我是处在当政位置能实行自己理想的时候,我就要以齐相曹参为师,常常用不断劝人喝好酒的办法来阻止别人对他进说辞。如果我处于想远离灾祸保全自己的情况,我就要学魏国尚书郎徐邈那样终日醉酒。

　　酒清纯得像秋天的露水,美好得像和煦的春风。喝酒是不管时间的早晚,也不分季节的变化。我非常喜爱孟嘉,他懂得酒中的乐趣。我要责怪白乐天,他不像晋朝建威将军刘伯伦写的歌颂饮酒可以"百虑齐息"的《酒德颂》,却写了赞扬喝酒可以"万缘皆空"的《酒功赞》。独自坐在那儿喝酒,可以把一切烦恼都忘记,让自己的思想在广阔的天空中自由驰骋。坐在那儿不言不动,而我的身体却完全无牵无挂。心中非常明白,但不去多费心思。家里高朋满座,惟一使我担心的是怕酒壶空了。身后的名气有什么要紧,还不如即时地喝它一杯的重要。而今哪怕是珍贵的明月宝珠也不能当衣服来穿,夜光璧玉也不能当饭吃。用猪狗食来给我吃,我也不会觉得委屈,用布帛做衣服给我穿,我也不会感到高兴。只有酒能使我超乎万物之外,它是人世上一天也不可缺少的东西。醉后也常常要醒过来,怎么能把酒叫作"狂药"?喝酒高兴得忘记品味时,才知道肥肉的味道最好,就是不参加男女杂坐的州间之会,又何必要喝一石才醉呢!要像刘伶那样用酒来解酒病,是不需要征示妻妾的意见的。王生应召,在庭院里当着众公卿要官居廷尉的张释之为他结袜带,是为了观察他的度量如何。李白在金殿上当着皇帝的面要高力士为他脱靴,是夸耀李谪仙醉草吓蛮书的才思之敏捷。王式因对《骊驹》歌的错误解释而感到羞耻,就装醉倒在地上,他的表现显得多么狭隘。杨恽喝了酒就要抬起头呜呜地唱歌,显得多么做作。陶渊明先喝醉了,他就向客人说,我醉了想睡觉,你暂且回去吧,这对客人不会有什么妨害,只是表现了陶渊明的直率。韩愈诗中说,我喝醉了别人再劝我喝,我就假装没有听见,这样哪个又敢再劝他喝呢!事实上能和圣贤相并列的人,是不应该喝得醉昏昏的。古人必须在行乡射礼的时候,才彼此相见晤谈。在人世间要做到众人皆醉我独醒,就只能像屈原那样走上跳汨罗江自杀的道路。相反,经常喝得手舞足蹈烂醉如泥的,就会变成高阳酒徒那样的人。时苗厌恶蒋济酒醉不见他,就刻木人当作蒋济,每天早晚用箭射他,这样做是多么的狭隘肤浅。周𫖮本来替有罪的王敦在皇帝面前说了好话,却因醉后说了"取金印"这类的酒话,造成了误会,后来被王敦杀害,这也是他自己的狂放粗疏造成的。因此,我对内是保全自己的完美天性,而外表上则寄情于酒。差一点的酒给我的仆人们喝,好酒就留来招待朋友。我正在缥缈的原野上耕种,从清澈冷冽的深渊里汲水,用来酿这样的酒,然后高举着酒杯邀请那无形的嘴巴。

喜雨亭记

【题解】

嘉祐七年(1062年),苏轼在凤翔府任签判期间,遇到严重春旱,长时间没有下雨,直到四月初才开始下了几场雨,尤其是四月十四(即丁卯日)那场雨接连下了三天,从根本上解除了旱情,在这万民喜庆欢腾的时候,府衙门修整的亭子刚好完工,苏轼就将它命名为"喜雨亭",并作了这篇《喜雨亭记》。

文章从亭的命名写起,记述修亭得雨的经过,通过简明对话阐明久旱不雨的严重性,把喜雨的"喜"字突出来,反映了作者对农事的关心,同老百姓忧乐与共的感情。

【原文】

亭以雨名,志喜也。古者有喜则以名物,示不忘也。周公得禾,以名其书[1];汉武得鼎,以名其年[2];叔孙胜狄,以名其子[3]:其喜之大小不齐,其示不忘一也。

余至扶风[4]之明年,始治官舍,为亭于堂之北,而凿池其南,引流种树,以为休息之所。是岁之春,雨麦于岐山之阳[5],其占为有年[6]。既而弥月不雨,民方以为忧。越三月乙卯[7]乃雨,甲子又雨,民以为未足;丁卯大雨,三日乃止。官吏相与庆于庭,商贾相与歌于市,农夫相与忭[8]于野,忧者以乐,病者以愈,而吾亭适成。

于是举酒于亭上,以属客[9]而告之曰:"五日不雨可乎?"曰:"五日不雨则无麦。""十日不雨可乎?"曰:"十日不雨则无禾。"无麦无禾,岁且荐饥[10],狱讼繁兴,而盗贼滋炽。则吾与二三子,虽欲优游以乐于此亭,其可得耶?今天不遗斯民,始旱而赐之以雨,使吾与二三子,得相与优游而乐于此[11]亭者,皆雨之赐也。其又可忘耶?

　　既以名亭,又从而歌之。歌曰:使天而雨珠,寒者不得以为襦;使天而雨玉,饥者不得以为粟。一雨三日,伊[12]谁之力?民曰太守[13];太守不有,归之天子;天子曰不[14]然,归之造物[15];造物不自以为功,归之太空;太空冥冥[16],不可得而名。吾以名吾亭。

【注释】

[1]周公得禾,以名其书:《尚书·周书》记载,周王教把唐叔献的一个稻穗、两个根的异种禾苗赐给周公。周公为了"宣扬天子之命,作《嘉禾》。"《嘉禾》是《尚书》的篇名,今已失传。[2]汉武得鼎,以名其年:汉武帝元狩七年夏六月,在汾水上得到一个宝鼎,就改年号为元鼎。[3]叔孙胜狄,以名其子:文公十一年,狄人侵犯鲁,鲁文公命叔孙得臣去击败了狄军,俘获了侨如。为了纪念这件事,叔孙得臣把儿子宣伯改名为侨如。[4]扶风:旧郡名,即凤翔府。[5]雨麦于岐山之阳:在岐山以南,从天上落下麦子,一说是指播种麦子。[6]有年:丰收的年成。[7]越三月:过了三个月。乙卯:指四月初二日。[8]忭:欢欣。[9]属客:向客人敬酒。[10]荐饥:连年不熟曰荐。[11]此:原本无"此"字,据别本补的。[12]伊:语气助词。[13]太守:指州府的行政长官。[14]不:同"否"。[15]造物:古时以为万物都是天所生成的,所以叫天为造物。[16]冥冥:渺茫。

【译文】

　　用"雨"字给亭子命名,是为了纪念喜事,古时候有了喜事就用来给物件命名,表示不会遗忘的纪念。周公得到周天子赐的异种禾苗,就把他著的书命名为《嘉禾》;汉武帝在汾水上得到一个宝鼎,就把年号改为元鼎;鲁国的叔孙得臣打败了狄军,俘获了侨如,就将他的儿子宣伯取名为侨如;虽然这些喜事的大小不同的差别,但是表示不会遗忘的纪念这点上完全是一样的。

　　我到凤翔府任职的第二年,开始整修衙门的房屋,在大厅北面建了一个亭子,亭子南边开了一个水也,用来引水种树,作为公余休息的地方。那年春天,岐山南坡下了一阵麦雨,预卜是个丰收年。后来个把月没有下雨,农民们十分忧急。直到过完三月,四月初二才了一场雨,十一日又下一场雨,农民们认为雨量还不够;接着十四日又下了一场大雨,一连三天雨才住点。政府官吏们在官厅相互庆贺,做生意的商人们在街上唱歌,农民们在田坝里欢乐庆祝,为天旱发愁的人们高兴了,生病人的也痊愈了,而我们的亭子恰好修成完工。

　　于是我在亭子上请客喝酒,我一边劝酒,一边问客人:"要是再有五天不雨行不行?"客人说:"再有五天不下雨麦子就会完全干死。""那么还有十天不下雨行不行?"客人说:"再有十天不下雨禾苗就全枯死了。"麦子、稻子都没有收成了,今年就会闹饥荒,争斗打官司的事就会多起来,偷抢的强盗小贼就会愈来愈多,更加猖獗。那时候,我们就是想优游自在地在这亭子上聚会,还能办得到吗?现在天老爷没有抛弃老百姓,先前干旱现在恩赐喜雨,我们才能够逍遥自在地在这亭子上欢聚,这都是这场及时雨赐给我们的,这怎可以忘记呢?

　　既将这个亭子命名喜雨亭,又根据这个来歌颂它。唱词是:如果天老爷下的是珍珠,挨冻的人们不能用来当棉袄穿;如果天老爷下的是宝玉,饥饿的人不能当粮食充饥。一场雨连下三天,这是谁的力量?老百姓说是知府;知府不同意这种说法,把它归功于皇帝;皇帝说不对,应该归功于天老爷;天老爷也不愿居功,把它归之于宇宙;宇宙是那么的渺茫高邈,无法得到什么名义。于是,我用"喜雨"来命名我这个亭子。

凌虚台记

【题解】

　　这篇文章是苏轼任凤翔府判官时,应太守陈希亮(公弼)的要求写作的,时间是嘉祐八年(1063年)。关于这篇文章,过去有很多人认为有讽刺陈希亮的意思,如杨慎在《三苏文范》里说:"《喜雨亭记》全是赞太守,《凌虚台记》全是讥太守。"在这本书里还引用李贽的话,说:"太难为太守矣。一篇骂太守文字耳。文亦好,亦可感。"但持不同意见的人也不少,如《苏长公合作》引陈元植的话,说此文是"登高感慨,写出杰士风气",储欣在《唐宋八大家类选》中也说:"登高望远,人人具有此情,惟公能发诸语言文字耳……或云自负所有,揶揄陈太守者,非也。"我们在这里完全没有必要去分辨这篇文章是不是有意讽刺陈太守,只从文章本身来看,读起来好像有很多层次,其实通篇只是兴成和废毁两层意思的互相衬托对比,一写再写,悲歌慷慨,波澜起伏,充分表现了作者的远见卓识。《喜雨亭记》结尾处说,"太空冥冥,不可得而名,吾以名吾亭",是化无为有。《凌虚台记》的结尾则说,"盖世有足恃者,而不在乎台之存亡也",是化有为无。阐述这有和无之间的交替变换,正是这篇文章的意义所在。

【原文】

　　国于南山之下[1],宜若起居饮食与山接也。四方之山,莫高于终南;而都邑之丽山者,莫近于扶风。以至近求最高,其势必得。而太守之居,未尝知有山焉,虽非事之所以损益,而物理有不当然者[2],此凌虚之所为筑也。

　　方其未筑也,太守陈公[3]杖履逍遥于其下,见山之出于林木之上者,累累如人之旅行于墙外而见其髻也。曰:"是必有异。"使工凿其前为方池,以其土筑台,高出于屋之檐而止。然后人之至于其上者,恍然不知台之高,而以为山之踊跃奋迅而出也。公曰:"是宜名凌虚。"以告其从事苏轼,而求文以为记。

　　轼复于公曰:"物之废兴成毁,不可得而知也。昔者荒草野田,霜露之所蒙翳,狐虺[4]之所窜伏。方是时,岂知有凌虚台耶?废兴成毁,相寻于无穷[5]。则台之复为荒草野田,皆不可知也。尝试与公登台而望,其东则秦穆之祈年、橐泉也[6],其南则汉武之长杨、五柞[7],而其北则隋之仁寿,唐之九成[8]也。计其一时之盛,宏杰诡丽,坚固而不可动者,岂特百倍于台而已哉!然而数世之后,欲求其仿佛,而破瓦颓垣无复存者,即已化为禾黍荆棘丘陇亩矣,而况于此台欤[9]?夫台犹不足恃以长久,而况于人事之得丧,勿往而忽来者欤?而或者欲以夸世而自足,则过矣!盖世有足恃者,而不在乎台之存亡也。"既已言于公,退而为之记。

【注释】

　　[1]国于南山之下:国,郡国,指州或府城。南山:即终南山,在陕西省西安市南。[2]"而太守之居"四句:是说太守的所居之处没有很好利用终南山的天然景色,虽然对人的起居没有什么损害的地方,然而靠近山却不知道如何观山望景,以情理而论是不应该如此的。[3]太守陈公:即陈希亮。是方山子陈慥的父亲。[4]蒙翳(yì):遮蔽、隐晦。虺(huī):毒蛇、毒虫。[5]废兴成毁,相寻于无穷:指从建成到废毁,又由废毁到重建,如此交互循环,永远没有穷尽。[6]秦穆之祈年、橐泉也:《汉书·地理志上》:"橐泉宫,孝公起;祈年宫,惠公起。"秦穆公的坟墓葬在此处。[7]长杨、五柞:汉宫的名字,皆在盩厔(旧县名,1964年改名周至县)。长杨宫是汉武帝常常去狩猎和较武的地方;五柞宫是祀神的地方。[8]隋之仁寿:隋朝的宫名,是杨素为隋文帝建造的。规模宏大奢侈。唐之九成:宫名。即隋朝的仁寿宫。[9]而况于此台欤:列举从建成宏丽而坚固的宫室到破瓦颓墙的废毁状貌,凭吊今古,慷慨悲歌。

苏 轼 散 文

【译文】

　　凤翔府就在终南山下面,所以人们的衣食住行都和山有密切的关系。四周的山,没有高过终南山的;而最靠近终南山的城市,又没超过凤翔的。从靠山靠得最近的凤翔,去探索山势最高的终南山,必须最有利于领略它那巍巍然的气势。但太守住在凤翔却没有很好地利用终南山的天然景观,虽然并不是因为要从高山给人们的居住和行动带来的利弊损益去考虑,而从情理上看这种近山不看山是不应当如此的,这就是为什么要修筑凌虚台的原因吧。

　　当初还没有修筑这个台的时候,陈太守扶着拐杖在山下自由自在地散步,看见冒出林木上面的重重山形,好像看见从墙外面走过的人们那头上的发髻。于是就说:"这是多么令人奇异的景象。"于是派遣工人在前面挖了一个方形的池塘,就把挖出来的土修筑成这个台,土台一直修到屋檐那么高。人们登上土台,恍惚之间没有想到是爬上了高高的土台,而觉得像是山一下子跳到眼前来了似的。陈公说:"把它命名为凌虚台是很恰当的。"他把这个意思告诉了作为下属的苏轼,要他写这篇《凌虚台记》。

　　苏轼回复陈公说:"世界万物的废弃或兴修,建成或毁坏,是不可能预先就知道的。过去,这一片荒草遍地的田野,是被晨霜夜露覆盖,狐狸蛇虫任意奔跑隐藏的地方,在那时候,怎么知道要修筑这座凌虚台呢?总之,从荒芜到修建,从建成到毁坏,永远是交相循环,没有穷尽的。那么这座凌虚台将来会再变成荒草野田,都是我无法预见和说清楚的。我曾经同陈公一道登台眺望,东面是秦穆公坟墓所在的祈年宫和橐泉宫,南面是汉武帝狩猎较武的长杨宫和五柞宫,而台的北边则是隋文帝时的仁寿宫,也就是后来唐太宗用来避暑的九成宫。可以想像它们当时的繁盛景象,它们是那样的宏伟、杰出、新奇、漂亮,并且那坚固程度是根本无法动摇的,岂止比这凌虚台超过一百倍!然而过了几代以后,不要说寻找它们原来的大致模样,就是破碎的瓦砾、倒塌的墙壁都看不到了,已经变成栽种水稻苞谷的田地,或者成为长满荆棘的坟山和荒坡,而何况是这样一座凌虚台呢?连土台都无法依赖它长久在而不废毁,又何况于人事之间的成败得失,那忽来忽往的变化呢?如果想以一时的成就夸耀于世或自满自足,那显然是错误的!其实人世间可以仗恃依赖的,并不在乎这座凌虚台的存在或毁坏。"这些话既然已经向陈公说了,我就退下来用它写成这篇《凌虚台记》。

文与可画筼筜谷偃竹[1]记

【题解】

这是一篇追忆师友的文章,也是一篇极有见地的画论。

文与可是苏轼的表兄,是北宋有名的画家,特别擅长画墨竹。苏轼等人学他的画风,形成"文湖山竹派"。元丰二年正月文与可病逝,同年七月苏轼在湖州翻晒书画时,看着文与可的这幅遗作,缅怀过去他们之间的亲密交往,阐述他们关于画竹的主张。

追思这位亦师亦友生前的音容笑貌,写得那么活泼生动,情意真切,衬托出苏轼哀思之深,在描述戏笑生动神态时,岂能不"废卷而哭失声"!对作画要"胸有成竹"的主张,是画前需对所画事物有完整的了解和形象的把握,具体作画时需要技巧纯熟,心手相应。这其实也涉及艺术创作的形象思维问题。他们的"胸中成竹"同郑板桥画竹的"胸无成竹"的主张,看来相反,其实道理是一致的。"胸有成竹"是说意在笔先然后着墨;而"胸无成竹"是强调不受眼前成竹的限制;其实在具体着笔时,他们的胸中之竹是眼中之竹,眼中之竹不是笔下之竹,浓淡疏密随手写去,自成格局。总之,在主张"神理具足"上两者是完全相同的。

结合师友之间生活交往的生动描写,深入浅出地讲述他们的作画主张和艺术见解,这样的艺术理论文章读起来平易近人,兴味盎然,使人不觉得枯燥乏味。这和现代的西方文艺理论家巴乌托夫斯基所著的《金蔷薇》一样,容易被接受,受到读者广泛欢迎。

【原文】

竹之始生,一寸之萌[2]耳,而节叶具焉,自蜩腹蛇蚹[3],以至于剑拔十寻[4]者,生而有之也。今画者乃节节而为之,叶叶而累[5]之,岂复有竹乎[6]?故画竹必先得成竹于胸中[7],执笔熟视,乃见其所欲画者,急起从之,振笔直遂[8],以追其所见,如兔起鹘落[9],少纵则逝矣[10]。与可之教予如此。予不能然也,而心识其所以然[11]。夫既心识其所以然,而不能然者,内外不一,心手不相应[12],不学之过也。故凡有见于中,而操之不熟者,平居自视了然,而临事忽焉丧之。岂独竹乎[13]?子由[14]为《墨竹赋》以遗与可曰:"庖丁,解牛者也,而养生者取之[15];轮扁,斫轮者也,而读书者与之[16]。今夫夫子之托于斯竹也[17],而予以为有道[18]者,则非耶?"子由未尝画也,故得其意而已。若予者,岂独得其意,并得其法[19]。

　　与可画竹,初不自贵重。四方之人,持缣素[20]而请者,足相蹑[21]于其门。与可厌之,投诸地而骂曰:"吾将以为袜!"士大夫传之,以为口实[22]。及与可自洋州还,而予为徐州[23]。与可以书遗予曰:"近语士大夫:'吾墨竹一派,近在彭城[24],可往求之。'袜材当萃[25]于子矣。"书尾复写一诗,其略曰:"拟将一段鹅溪绢[26],扫取寒梢[27]万尺长。"予谓与可:"竹长万尺,当用绢二百五十匹[28],知公倦于笔砚,愿得此绢而已[29]!"与可无以答,则曰:"吾言妄矣!世岂有万尺竹哉?"余因而实之[30],答其诗曰:"世间亦有千寻竹,月落庭空影许长[31]。"与可笑曰:"苏子辩则辩[32]矣,然二百五十匹绢,吾将买田而归老焉!"因以所画筼筜谷偃竹遗余曰:"此竹数尺耳,而有万尺之势[33]。"筼筜谷在洋州,与可尝令予作《洋州三十咏》《筼筜谷》其一也。予诗云:"汉川修竹贱如蓬[34],斤斧何曾赦箨龙[35],料得清贫馋太守,渭滨千亩[36]在胸中。"与可是日与其妻游谷中,烧笋晚食,发函得诗,失笑喷饭满案。

　　元丰二年[37]正月二十日,与可没于陈州[38]。是岁七月七日,予在湖州[39],曝[40]书画,见此竹,废卷而哭失声[41]。

昔曹孟德祭桥公[42]文,有"车过""腹痛"之语[43],而予亦载与可畴昔戏笑之言者,以见与可于予亲厚无间[44]如此也。

【注释】

[1]文与可:名同,字与可,自号笑笑先生、锦江道人,梓道(今四川省梓潼县)人。是北宋著名画家,擅长墨竹。筼筜谷:在洋州(今陕西省洋县),当地多竹。筼筜,大竹名。偃竹:余立风中,形状若倒伏的竹子。[2]萌:指竹的嫩芽(小竹笋)。[3]蜩(tiáo):蝉。蜩腹蛇蚹:形容竹笋出土后的形状。小竹笋纹路很密,形状好像蝉腹上的横纹、蛇腹上的横鳞。[4]剑拔十寻:形容竹子长得快,就像剑从鞘中拔出来那样有十寻(寻,古时八尺有一寻)高。[5]累:难叠的意思。[6]据米芾《画史》说:"子瞻作墨竹,从地一直起至顶。余问:'何不逐节分?'曰:'竹生时何尝逐节生?'"运思清拔,生于文同与可,自谓与文拈一瓣香(佛家语表示崇拜的意思)。"苏轼反对追求形似,但不是不要画出形象。[7]成竹于胸中:这就是画竹必须先在胸中酝酿、孕育成竹子的整个形象。[8]振笔直遂:一气呵成,挥笔完成。[9]兔起鹘落:兔子刚一出现,鹘鸟就从空中冲下来抓住它。在这里是形容运笔作画的神速。[10]少纵则逝矣:稍微一放松就消失了。[11]"予不能然也"二句:我不能做到这样,但我心里却认识到这个见解之所以正确的道理。[12]心手不相应:心里虽然已经认识了,但手上(笔下)却不能表达出来。[13]岂独竹乎:难道只是画竹这件事吗?[14]子由:苏辙,字子由,苏轼的弟弟。[15]庖丁:文惠君(即梁惠王)有庖丁(厨师),他按照牛的生理结构,顺着它筋骨相连处和骨节间的空隙处下刀,从不使刀口钝折。他对文惠君说,他所以能够得心应手,是由于适应了自然之理,文惠君听后说:"我从他的话中,懂得了养生的道理。"[16]轮扁:是春秋时齐国有名的造车工人,扁是他的名字。与之:同意他的看法。[17]今夫:《墨竹赋》中作"况夫",在这句的前面还有两句:"万物一理也,其所以为之者异尔。"[18]道:中国古代哲学概念。在这里相当于事物的规律或高深的修养。[19]并得其法:还得到了他绘画的技法。[20]缣素:白色细绢,作书画用。[21]足相蹑:形容人们一个接一个地来。[22]口实:话柄,即谈话的资料。[23]为徐州:苏轼任徐州知州。[24]彭城:即今徐州。[25]萃:聚集。[26]鹅溪:在今四川处盐亭县西北。鹅溪产的绢很著名,唐时作为贡品,宋人认为是名贵的书画材料。[27]扫取:画出。寒梢:指竹。[28]匹:古时以四十尺为一匹,二百十五匹正合一万尺。[29]是苏轼同文与可开玩笑的话。[30]实:证实。[31]"世间亦有千寻竹"二句:世间亦有八千尺长的竹子,月亮下山余照时,那空庭中的竹影不就有这样长吗?[32]辩则辩:善辩,会说话的意思。[33]万尺之势:指画上的竹虽然只有数尺长,即具有高达万尺的气势。[34]汉川:汉水,洋州在

汉水上游。蓬：草名。[35]箨龙：竹笋的别名。箨，笋壳。[36]渭滨千亩：意思是一个人如有渭河边的千亩竹林，他的财产就和一个千户侯的俸禄相等了。[37]元丰二年：宋神宗的年号，即1079年。[38]陈州：在今河南省淮阳县。文同病逝于陈州的宛丘驿。[39]予在湖州：苏轼任湖州知州。[40]曝：晒。[41]废卷：放下。哭失声：悲极气咽，哭不成声。[42]桥公：即桥玄，字公祖，睢阳（今河南省商丘县）人。曹操少年时，任侠放荡，太尉桥玄却认为他是能够安定世乱的"命世之才"。[43]车过、腹痛：《祀故太尉桥玄文》中追述当年桥玄戏谑的话："我死以后，你如路过墓地不用鸡酒祭奠我，我将使你'车过三步，腹痛勿怪'。"祭文中还说："虽临时戏笑之言，非至亲之笃好，胡肯为此辞乎？"[44]畴昔：从前。无间：没有隔阂。

【译文】

　　初生的竹子，只有寸把长的嫩芽，它的竹节和竹叶就已经具备了，从那像被蝉衣蛇皮层层包裹着的竹笋，到长成像拔出的利剑那样高达数丈刺向天空的成竹，它的竹节和竹叶都是在萌芽时就有了的。现在画竹的人却一个竹节一个竹节地画，一张竹叶一张竹叶地重叠上去，这样哪里还有真正的竹子呢？因此画竹必须心中先有完整的竹子形象，拿着画笔，凝神深思熟虑，到眼前浮出自己构思的画画时，就迅速地挥笔画，要像鹘鸟抓刚准备逃跑的兔子那样，以最快速度把握住眼前的形象，否则一晃眼它就会消失掉了。与可就是这样教我画画的，我没有能够做到，但心里懂得为什么要这样做，既然心里懂得应该这样做，但又没有能够做到，认识和行为不一致，自己的艺术构思无法完全表现出来，这是我学习不好的过错，所以凡是心中有见解但运用得并不熟稔的人，平常自己以为已经弄清楚了，但事到临头忽然又感到并没有真正明白，这样的现象，岂止在于画竹这件事？我的弟弟苏辙在送给与可的《墨竹赋》里写道："梁惠王从善于宰牛的厨师所说的适应自然才能得心应手这番话中，懂得了养生的道理；齐桓公同意齐国有名的造车工人扁关于造车要靠亲自实践和高超的技巧的说法。现在你把这些道理寄寓在画竹子当中，我认为你也是懂得要掌握事物规律的人，难道不是这样吗？"子由没有画过画，所以，只是懂得与可画竹主张的意义罢了，如像我，岂止懂得它的意义，并且还学到他画竹的技巧和方法。

　　与可画竹，开初自己并不很矜持贵重，四面八方拿白绢来请他画画的人,一个跟着一个地到他家里来。与可厌烦起来,把用来求画的白绢丢在地下骂道:"我将把这些白绢拿来做成袜子穿!"达官贵人们把他的话传扬开来作为话柄。到与可从洋州知州任满回京,而我去任徐州知州。与可写信给我说:"近来,我告诉达官贵人们:'我们湖州墨竹派的传人,最近在彭城(今徐州),你们可以去找他求画。'做袜子的材料将会集中到你那里去了。"信的末尾还写了一首诗,大意是说:"准备用一段名贵的鹅溪产的白绢,画一竿万尺长的竹子。"我回复与可说:"万尺长的竹子,应当用二百五十匹白绢,我知道你懒得动笔墨,只是想得到这二百五十匹白绢罢了!"与可无回复我,就说:"我说错了,世上哪有万尺长的竹子呢?"我却又把话给他证实,回答他一首诗,意思是说:"世间也有八千尺长的竹子,那是当月亮将要落下去的时候,在空旷的院子里,斜照的竹影就有这么长。"与可笑着说:苏子真是善辩,假如有了二百五十匹绢,我将买几亩田回家养老啦!"于是把他画的《筼筜谷偃竹图》送给我,说:"这竿竹不过几尺长,但它具有高达万尺的气势。"筼筜谷在洋州境内,与可曾经要我作《洋州三十咏》这一组诗,《筼筜谷》是其中的一首。我的诗是这样写的:"汉水边长长的竹子价钱像蓬草那样低廉,人们的刀斧哪里会放过柔嫩的竹笋,可以估计到那清贫而又贪吃的洋州太守(戏指与可),会把抵得上同一个千户侯俸禄相等的渭河两岸的千亩竹,都吃进肚子里了。"那天,与可和他的夫人正好在筼筜谷游玩,晚餐吃的是红烧笋子,他拆开信,读到我的诗,笑得把饭喷得满桌都是。

元丰二年正月二十日,与可在陈州逝世,当年的七月七日,我在湖州翻晒书画时,看到了这幅《筼筜谷偃竹图》,不禁抛开翻晒的书画,放声痛哭起来。

过去曹操在给桥玄写的祭文里,把平常开玩笑时桥玄所说:"我死以后,你如路过我的墓地,不用鸡酒祭奠我,我将使你'车过三步,腹痛勿怪'。"这样的话都写进去了,因此,我也把往日同与可戏谑玩笑的话记载下来,从这里可以看见与可同我如此亲密深厚的感情。

超然台记

【题解】

这是熙宁八年(1075年)苏轼任密州知州时所作。苏轼与王安石政见分歧,熙宁四年出任杭州判官,再迁任贫瘠的密州,而能超然物外,安然处之,自得其趣。这篇文章既记述了他在密州所过的贫穷生活,更要要的是抒发他那安遇顺性的道理,和脱出尘寰之外的意思。

文章一开始就对能否超然物外抒发议论,认为只要能"游于物之外",那么任何事物都有它可取的方面,从而也都可以从中得到乐趣!通篇贯串一个"乐"字,但无处不蕴寓着"超然"的意思,叙事写景、谈古论今无不纵心如意。

通过生活处境上的超然物外,反映了苏轼的恬淡自适,无往而不乐的心境,其实在这种描述和议论后面,未必没有他对当时的政治斗争的一种无可奈何的失落感!

【原文】

凡物皆有可观[1]。苟有可观,皆有可乐,非必怪奇伟丽者也。餔糟啜醨[2],皆可以醉,果蔬草木,皆可以饱。推此类也,吾安往而不乐?

夫所谓求福而辞[3]祸者,以福可喜而祸可悲也。人之所欲无穷,而物之可以足吾欲者有尽。美恶之辨战于中[4],而去取[5]之择交乎前,则可乐者常少,而可悲者常多,是谓求祸而辞福[6]。夫求祸而辞福,岂人之情也哉!物有以盖[7]之矣。彼游于物之内[8],而不游于物之外。物非有大小也,自其内而观之,未有不高且大者也,彼挟其高大以临我,则我常眩乱[9]反复,如隙中之观斗,又乌知胜负之所在?是以美恶横生,而忧乐出焉,可不大哀乎[10]。

予自钱塘移守胶西[11],释舟辑之安,而服[12]车马之劳;去雕墙[13]之美,而庇采椽之居[14];背湖山之观,而适桑麻之野[15]。始至之日,岁比不登[16],盗贼满野,狱讼充斥[17];而斋厨索然[18],日食杞菊[19],人固疑予之不乐也。处之期年[20],而貌加丰,发之白者日以反[21]黑。予既乐其风俗之淳,而其吏民亦安予之拙也。于是治其园圃,洁[22]其庭宇,伐安丘、高密[23]之木,以修补破败,为苟完之计。而园之北,因[24]城以为台者旧矣;稍葺[25]而新之。时相与登览,放意肆志[26]焉。南望马耳、常山[27],出没隐见,若近若远,庶几[28]有隐君子乎?而其东则卢山[29],秦人卢敖[30]之所从遁也。西望穆陵[31],隐然如城郭,师尚父、齐桓公之遗烈[32]犹有存者。北俯潍水[33],慨然太息[34],思淮阴之功[35],而吊其不终[36]。台高而安,深而明,夏凉而冬温。雨雪之朝,风月之夕,予未尝不在,客未尝不从。撷[37]园蔬,取池鱼,酿秫[38]酒,瀹脱粟[39]而食之,曰:乐哉游乎!

方是时,予弟子由适在济南,闻而赋之,且名其台曰"超然"[40],以见予之无所往而不乐者,盖游于物之外也。

【注释】

[1]物:指宇宙万物。观:观赏。[2]餔糟啜醨:《楚辞·渔文》:"众人皆醉,何不餔其糟而啜其醨。"餔,食、吃。糟,酒糟。啜,饮。醨,淡酒。[3]辞:躲避。[4]辨:辨别,判别。战:斗争。中:胸中或心中。[5]去取:取和舍。[6]是谓求祸而辞福:是说人的欲望太多,就会乐少悲多,这就是等于自己在求祸而避其福。[7]盖:掩盖,蒙蔽。[8]游于物之内:游心,驰骋涉想。[9]眩乱:即眼花缭乱,迷惑不清。[10]"美恶横生"三句:是说产生不必要的爱和憎、忧和乐,这是很可悲的。[11]胶西:汉设胶西郡。在今山东省胶河以西、高密以北地区。此处是指密州。[12]服:从事于。[13]雕墙:有雕塑和彩绘,指华丽的建筑。[14]而庇采椽之居:以从山上采来的木料做椽,不用刀斧加工。是形容居室的简陋朴素。[15]桑麻之野:《汉书·地理志》说鲁国"颇有桑麻之业"。密州古时属于鲁。[16]岁不比登:是说连年收成不好。[17]狱讼:即诉讼案件。古代财货相告为讼,以罪名相告为狱。充斥:指数量众多。

[18]斋厨索然:厨房里没有什么食物,冷落空虚。[19]杞菊:枸杞和菊花。苏轼《后杞菊赋序》中说它们的苗、叶、花实、根都可以吃。[20]期年:满了一年。[21]日:逐日,一天又一天。反:返回。[22]洁:打扫干净。[23]安丘:县名。在今山东省潍坊市南。高密:县名。在今山东省胶县西北。当时都属于密州。[24]因:倚靠。[25]葺:修理。[26]放意肆志:纵情欢乐。[27]马耳、常山:都是山名。都在密州(今山东省诸城县)城南。[28]庶几:或者。[29]卢山:本名故山,因卢敖而得名。在诸城县南三十里。[30]卢敖:燕人,秦始皇召为博士,后在卢山避难,遂得道。[31]穆陵:关名,在今山东省临朐东南大岘山上。[32]隐然:隐隐约约的样子。师尚父:吕尚,即姜太公,辅佐周武王灭纣有功,封于齐,尊为师尚父。齐桓公:名小白。重用管仲,成为春秋时的五霸之一。遗烈:指吕尚、齐桓公当年建功立业留下来的遗迹。[33]潍水:即今潍河,发源于山东省五莲县西南箕屋山,流经诸城,到昌邑县人莱州湾,注入渤海。[34]太息:叹息。[35]淮阴之功:韩信,封淮阴侯。韩信曾决潍水,击败楚将龙且率领的二十万人马。[36]吊其不终:韩信为汉朝立下了许多战功,后来被吕后用计杀死在长乐宫钟室。伤痛其不得善终。[37]撷:采摘。[38]秫:糯米酿成的酒。也指高粱酒。[39]瀹:煮。脱粟:仅脱去谷壳的糙米。[40]济南:府名,治所在历城(今山东省济南市)。超然:时苏辙任齐州掌书记,其《超然台赋》序:"老子曰:'虽有荣观,燕处超然。'尝试以'超然'命之可乎?因为之赋。"

【译文】

　　一切事物都具有观赏价值。如果有观赏价值,就能从中找到乐趣,不必非要那些怪异、奇特、宏伟、美丽的东西不可。吃酒糟喝劣酒都能够使人醉倒,吃蔬菜野果草木素食都能够填饱肚皮。按照这样的例子推演开来,我无论到哪儿去怎么会感到不适意,不快乐呢?

　　人们这所以追求幸福躲避灾祸,是因为幸福是令人高兴的,而灾祸却给人带来悲伤。人们的欲望是没完没了的,但可以满足我们欲望的东西却有穷尽的时候。人们要在心里头分辨什么东西是好的,什么东西是坏的,从而随时决定和选择取舍,这样一来,使人高兴东西常常比较少,而令人伤心的事常常比较多,这就成了追求灾祸而离开了幸福。追求灾祸而躲避幸福哪里会合乎人们的通常情理呢!这是人们被外界物质的现象所蒙蔽了的缘故。他们的思想和注意力完全局限在具体事物本身,而不能看清事物的客观环境和存在条件。比如事物的大小并不是绝对的,它本身并没有大或小的区别,如果你把自己置身于某件事物当中,这件事物就显得又高又大,压在你头上，搁在你心里，常常使你感到眩惑迷乱，无所适从，就像从一道墙壁上的缝隙去看一场争斗那样，看不见争斗的全部情况，又怎么能知道哪边赢，哪边输了呢？于是乎你脑子里那些好的和坏的东西层出不穷，而你的欢乐和忧愁也不断产生，这不是非常可悲的事吗！

我从杭州的钱塘江边，转任到胶西郡的密州来，放弃了乘船的舒适安逸的水乡官庶生活，而经受在这山乡乘车骑马的辛劳；离开了杭州那有雕墙画栋的漂亮住宅，而住进简陋的白木房子；离开了山光水色的美丽的景观，而来到这种植桑麻的田野。去年刚来的时候，由于连年收成不好，强盗小偷到处都是，打官司的人也很多；我的厨房里什么东西也没有，每天只好弄些枸杞、菊花这样的野菜来吃，人们当然怀疑我生活得很不愉快。我在这里住了一年，而人却长胖了，原来的白发也在慢慢地转黑。我既满意这里淳朴风俗，而当地的官员和百姓也安心于我的简要朴拙的治理。于是，我平时就整治果园菜圃，打扫院落和房屋里的清洁卫生，就在附近的安丘、高密砍些树木，用来修补房屋被损朽烂的地方，以求得暂时的安全。在园圃的北面，靠着城墙修的一个平台，已经很旧了，就稍微修整更新一下，时常同几个相交的朋友上去游览，在那里放开视野，驰骋胸怀，纵情欢乐。向南面望去，只见云遮雾障的马耳山和常山，忽隐忽现，有时好像挨得那么近，有时又显得那么远，也许在那深山幽谷中住着隐士高人吧？而台的东面是卢山，就是秦始皇命他寻求神仙而逃到这里隐居的卢敖博士所住的地方。向西望见的是穆陵关，隐约像一座城市，姜太公、齐桓公当年建功立业留下的遗迹还保存在那里。低头俯视北面的潍水河，不由我感慨长叹，想当初淮阴侯韩信立下多少水汗马功劳，后来却不得善终。这个台子修得高大稳当，宽敞明亮，夏天凉快冬天温暖。无论是在雨雪飘洒的清晨，还是在清风明月的夜晚，我没有不在台上的，客人们也没有不跟随我到台上去的。从菜园里摘来鲜嫩的蔬菜，从池塘里捉来活蹦乱跳的鲜鱼，喝的是自己酿造糯米酒，吃的是脱掉谷皮的粗糙的小米饭，我们都说：这样的游览真是尽兴真是快乐呵！

就是这个时候，我的弟弟子由正在济南，听到我们尽兴游览的情景，就作了一篇赋，并且在赋中就把这个台子命名为"超然台"，用来表现我不论去到哪里都没有不快乐的时候，原因就是我能超然于物外呵。

放鹤亭记

【题解】

这篇文章是元丰元年(1078年)苏轼在徐州作的。

文章不直接实写隐士好鹤,而在题外引出个"酒"字,以酒对鹤。大意是说清闲莫如鹤,而卫懿公因好鹤亡国;乱德莫若酒,而刘伶、阮籍却以酒全真传名后世。两相比较,真是做帝王还不如当隐士。作者借题发挥,生发宛转,议论超逸,得心应手。文中只用"而况于鹤"四个字一收,即转为点题,写得极为玲珑跳脱。文末歌词也写得音韵清幽,读来疏旷爽然。

【原文】

熙宁十年秋,彭城大水,云龙山人张君[1]之草堂,水及其半扉。明年春,水落,迁于故居之东,东山之麓。升高而望,得异境焉,作亭于其上。彭城之山,冈岭四合,隐然如大环,独缺其西十二[2]。而山人之亭适当其缺。春夏之交,草木际天,秋冬雪月,千里一色。风雨晦明之间,俯仰百变。山人有二鹤,甚驯而善飞。旦则望西山之缺而放焉,纵其所如,或立于陂田,或翔于云表,暮则傃[3]东山而归,故名之曰"放鹤亭"。

郡守苏轼,时从宾客僚吏,往见山人。饮酒于斯亭而乐之,挹[4]山人而告之,曰:"子知隐居之乐乎?虽南面之君,未可与易也[5]。"《易》曰:"鸣鹤在阴,其子和之。[6]"《诗》曰:"鹤鸣于九皋,声闻于天。[7]"盖其为物,清远闲放,超然于尘垢之外。故《易》《诗》人以比贤人君子、隐德之士,狎而玩之,宜若有益而无损者,然卫懿公好鹤则亡其国[8]。周公作《酒诰》[9],卫武公作《抑戒》[10],以为荒惑败乱无若酒者,而刘伶、阮籍之徒[11],以此全其真而名后世。

嗟夫!南面之君,虽清远闲放如鹤者,犹不得好;好之,则亡其国。而山林遁世之士,虽荒惑败乱如酒者,犹不能为害,而况于鹤乎?由此观之,其为乐未可以同日而语也!

山人欣然而笑曰:"有是哉!"乃作《放鹤》《招鹤》之歌曰:"鹤飞去兮西山之缺。高翔而下览兮择所适。翻然敛翼[12],宛将集兮!忽何所见,矫然而复击。独终日于涧谷之间兮,啄苍苔而履白石。""鹤归来兮!东山之阴。其下有人兮,黄冠草履,葛衣而鼓琴。躬耕而食兮,其余以饱汝。归来归来兮!西山不可以久留。"元丰元年十一月初八日记。

【注释】

[1]熙宁:宋神宗年号。彭城:今徐州。张君:即张师厚,字天骥,号云龙山人。云龙山在州城南,张天骥隐居于此山。[2]十二:指山如园环而独缺其西部的十分之二。[3]愫(sù):向。[4]挹:酌。是向张天骥斟酒。[5]"子知隐居"三句:《庄子·至乐》记髑髅梦见庄子,云:"死无君于上,无臣于下,亦无四时之事,从然以天地为春秋,虽南面王乐不能过也。"是说以南面称尊的国王之乐,亦不能如隐士的自在和快乐。[6]鸣鹤在阴,其子和之:这是《易·中孚·九二》的爻辞。意思是鹤在荫蔽的地方鸣叫,它的小鹤也会自然的鸣叫应和。[7]鹤鸣于九皋,声闻于天:语出《诗经·小雅·鹤鸣》。九皋,深远。声闻于天,是说声名传得很远。[8]卫懿公好鹤则亡其国:《左传·闵公二年》:卫懿公好鹤,出去的时候,鹤也坐大夫(官名)之车,在冬天十二月的时候,狄人攻打卫国,卫懿公准备应战。将士们都说:"鹤实有禄位,何不叫鹤去应战,为什么要我们去打战。"卫和狄战于荧泽,卫国的军队打了败仗,卫国被灭掉了。[9]《酒诰》:《尚书》的篇名。《尚书·康诰》序云:"成王既伐管叔、蔡叔,以殷余民封康叔,作《康诰》《酒诰》《梓材》。"是说殷纣王有酗酒的恶习,影响到全国臣民都好酒。武王以殷地封康叔,所以,周公作《酒诰》以戒之。[10]《抑戒》:《诗经·大雅》篇名。是卫武公用来讽刺周厉王,并且也用来警戒自己。意思是说,国家的战乱和败亡,都是由于过度逸乐好酒。[11]刘伶:《晋书·刘伶传》:刘伶,字伯伦,沛国人。不把家产有或无当作一回事,常常乘着鹿车,拿着一壶酒,叫人扛着锄头跟在后

面,说:"我死了,便把我埋葬。"是如此放浪不拘的样子。不太着力于做文章,但著有《酒德颂》一篇。阮籍:《晋书·阮籍传》:阮籍,字嗣宗,陈留尉氏人。阮籍本来是想为国为民做一番事业的,当时是魏和晋改朝换代的时候,天下风云变幻太大,名士很少有全节的。于是,阮籍便不闻时事,遂常常饮酒酣醉。文帝本来想为武帝求婚于阮籍,但他连续醉了六十日不醒,没有办法与他讲,只好停止了。阮籍听说步兵营人善于酿酒,存有酒三百斤,阮籍于是去求为步兵校尉。[12]翻然敛翼:指鹤转身敛翅,恍惚将要止歇的样子。

【译文】

　　熙宁十年的秋天,彭城发大水,云龙山人张天骥隐居的茅屋,水淹到半扇门那么高。第二年春天,水退了以后,就搬到他原来住的房子东面的东山脚下。爬到高处察看,得到一处很有特点的地方,就修了一座亭子在上面。彭城的山势,高山峻岭从四面围扰,就像一个大圆环,只在西边有个十分之二的缺口。而云龙山人的亭子刚好修在这个缺口上。春天和夏季交替的时候,茂密的草丛和蓊郁的树林一直绵延到天边,秋冬下雪的日子则是千里一片银白色。在刮风下雨的天气,天色一忽儿阴暗,一忽儿明亮,周围景色在迅速不停地变化。云龙山人养了两只鹤,非常驯顺善于飞翔。早晨就从亭子这里,对着西山的缺口放飞,任它自由飞翔。它们有时停立在低矮的田野上,有时又高高地飞进云端,天快黑时它们就向东山飞回亭子,因此,这个亭子就取名叫作"放鹤亭"。

　　徐州的知州苏轼,时常同客人和同僚的官吏去会见云龙山人,高兴地在放鹤亭喝酒,一面给山人斟酒,一面告诉他说:"你知不知道隐居山野的乐趣?就是当上一国的国君,也不如隐士的自在和快乐。"《易经》上说:"鹤在荫蔽的地方鸣叫,它的小鹤也会鸣叫应和。"《诗经》又说:"鹤在深远的水泽里鸣叫,它的声音可以传到高高的天上。"这是因为鹤的天性清高飘逸,远远地离开世间的灰尘污垢。因此,《易经》《诗经》里都以鹤比喻贤人君子和隐士,亲近它,和它一道游玩,应该是有益无害的,然而卫懿公却因为爱鹤成为嗜好就亡了国。周公作《酒诰》是为了教化受荒淫的殷纣王影响的嗜酒殷民,卫武公作《抑戒》是讽刺荒淫的周厉王,同时也用来自我警惕,他们认为君王的荒淫、昏感和国家的腐败混乱都无不和酗酒有关;然而像刘伶、阮籍这些一天到晚都不离开酒,甚至说出醉死在那里就埋在哪里,他们借酗酒这种形式,不受任何拘束,不管人世间的各种烦恼,逍遥自在,从而保全了自己的纯朴天性,并因此给后世留下了喜欢喝酒的美名。

唉!作为国君,虽然像鹤那样清高飘逸的禽鸟也不能喜欢爱好,成为嗜好就会造成亡国的严重恶果。而隐居在深山密林里的隐士,就是会使人荒唐昏惑,造成国家腐败社会混乱象酒这样的东西,也不会对他们产生危害,更何况饲养鹤这类高雅的事呢?从这里看来,当君王的快乐根本无法与做隐士的快乐相比较。

云龙山人高兴地笑着说:"你说得很对啊!"于是,我作了《放鹤》和《招鹤》歌,《放鹤》歌的歌词是:"鹤往西山的缺口飞去它飞翔在高高的天空朝下面观察,寻找选择它要飞去的地方。它翻身收束了翅膀,好像要停歇的样子!忽然它发现了什么东西,又矫健地真扑闪着双翼。它一天到晚孤独地在深涧山谷中间游荡,在白色的岩石上走来走去,啄食着苍翠的苔藓。"《招鹤》歌的歌词是:"鹤啊,你回来吧!回到东山这阴凉的'放鹤亭'来吧!在亭里有个人在等着你,他戴着隐士的帽子,脚上是草编的鞋子,穿着葛布的衣服,在那里悠闲地弹琴。他吃的是自己在田地里耕种出来的粮食,还有多余的食物来喂饱你。回来吧!回来吧!西山不是你可以永久留住的地方。"元丰元年十一月初八日记。

记承天寺夜游

【题解】

本文记的是极为平常的事,描的是极为常见的景,可是作者不落俗套,用简洁的语言,自然生动地刻画出人们对皎洁的月色和夜凉如水的真切感受。最后还从人生哲理发出了世事纷纭少闲人的无尽感慨。

本文所记的元丰六年,苏轼贬居黄州已经四年。深夜无眠,邀约同样是被贬谪到黄州的同事夜游佛寺,虽然充满清高淡雅气氛,但也禁不住流露出一种被遗弃的寂寞情绪,所以文章末尾自称"闲人",就不无一层讽刺意义。

【原文】

元丰六年[1]十月十二日夜,解衣欲睡,月色入户,欣然起行[2]。念无与乐者[3],遂至承天寺[4],寻张怀民[5]。怀民亦未寝,相与步于中庭[6]。

庭下如积水空明[7],水中藻荇[8]交横,盖[9]竹柏影也。

何夜无月?何处无竹柏?但少闲人[10]如吾两人耳。

【注释】

[1]元丰六年:即1083年。元丰,是宋神宗赵顼的年号。[2]起行:起来散步。[3]念:想到。者:人。[4]承天寺:在黄州(今湖北省黄冈市)。当时苏轼因反对王安石的新法,被贬谪在黄州。[5]张怀民:名梦得。元丰六年被贬谪到黄州,寓居承天寺。是苏轼的朋友。[6]相与:一块儿。中庭:厅堂前面的院子或天井。[7]空明:透明,形容水的清澈。[8]藻:水藻,如海带、紫菜等。荇:水草名,浮在水上。[9]盖:承接上文而起的推究。[10]闲人:指不追求功名利禄、不受俗务羁绊的人。苏轼被贬为黄州团练副使,不得签署

公事,所以,自称"闲人"。

【译文】

  元丰六年十月十二日的晚上,我脱了衣服正准备睡觉,忽然发觉月光照进了屋子,就兴致勃勃地起来散步。想到附近没有能同我一道享受这种乐趣的人,就到承天寺去找张怀民。恰好怀民也还没有睡,我们便一起到院子里散步。

  院子里就像装满了水似的显得那般晶莹明亮,水里面还有纵横交错的水草,原来那是翠竹、松柏的影子哩。

  哪个夜晚没有月亮?哪个地方少了翠竹、松柏?但缺少的是像我们两个这样的"闲人"罢了。

记游定惠院

【题解】

　　这是一篇记游小品。是应同游的徐得之要求写的。时间是元丰七年(1084年)三月初三日。从文中的"已五醉其下矣",可见苏轼经常到这里游览。文章虽然是顺着游览足迹写的,但随手拈来,皆成文章。写海棠的香色不凡,写醉卧倾听雷琴的悲风晓月,写"为甚酥"的佳文,写居亭主人的热情,写游客的洒脱,文章写得姿态横生,充满诗情画意,也表现出苏轼的率直、真诚。

【原文】

　　黄州定惠院东小山上,有海棠[1]一株,特繁茂。每岁盛开,必携客置酒,已五醉其下矣。今年复与参寥[2]师及二三子访焉,则园已易主。主虽市井人[3],然以予故,稍加培治。山上多老枳[4],木性瘦韧,筋脉呈露,如老人项颈,花白而圆,如大珠累累,香色皆不凡。此木不为人所喜,稍稍伐去;以予故,亦得不伐。既饮,往憩于尚氏之第。尚氏亦市井人也,而居处修洁,如吴、越间人,竹林花圃皆可喜。醉卧小板阁上,稍醒,闻坐客崔成老弹雷氏琴,作悲风晓月,铮铮然[5],意非人间也。晚乃步出城东,鬻大木盆,意者谓可以注清泉、瀹瓜李。遂夤缘小沟[6],入何氏、韩氏[7]竹园。时何氏方作堂竹间,既辟地矣,遂置酒竹阴下。有刘唐年主簿者,馈[8]油煎饵,其名"为甚酥",味极美。客尚欲饮,而予忽兴尽,乃径归。道过何氏小圃,乞其藂橘[9],移种雪堂之西。坐客徐君得之[10],将适闽中,以后会未可期,请予记之,为异日拊掌[11]。时参廖独不饮,以枣汤代之。

【注释】

[1]海棠:作者有《寓居定惠院之东,杂花满山,有海棠一株,土人不知贵也》诗。这里是苏轼以海棠比喻自己,多次遭到贬谪。[2]参寥:僧道潜,字参寥,又称参廖子,于潜(今浙江省临安县)人。能诗文,是苏轼的好友。[3]市井人:即市井中人,商贩。[4]枳:树名。似橘但比橘小,高五六尺,叶多刺。春天开白花,秋天结果。果酸不能食。[5]雷氏琴:即雷琴,是唐朝时蜀(今四川)人雷威所制的琴,质地精美,音色极好,称为雷琴。宋朝时雷琴特别贵重。铮铮然:是形容清脆的琴声。[6]夤(yín)缘:攀附。夤缘小沟:即沿着小沟往前行。[7]何氏:指何圣可。韩氏:指韩毅甫。[8]馈:以食物送人。[9]藂橘:即一丛橘树。藂,丛的繁体字。[10]徐君得之:即徐大正,字得之。黄州知州徐大受(君猷)的弟弟。[11]异日拊掌:是说作为将来拍掌大笑的资料。

【译文】

黄州定惠院东面的小山上,有一株海棠,长得特别枝繁叶茂。每年当这株海棠花盛开的时候,我一定要邀约客人到那里去喝酒,到现在已经在这海棠花下面喝醉过五次了。今年又同参寥和尚等两三个朋友去寻访观赏海棠花,但花园已经换了主人。现在的主人虽然是个做生意的,因为知道我每年都要来看花,对海棠就做了一些培土修整工作。山上有许多老枳树,枝叶干瘦有韧性,筋显脉露,看起来如像老年人的颈项;开的是圆形白花,就像堆垒着的大珠子,香味和色彩都不一般。这种枳木不太招人喜欢,常常会被逐渐砍去;因为我的缘故,也没有砍掉。喝完酒,就到姓尚的人家休息。尚家也是做生意的,但他的家里收拾很整齐干净,像江南一带的人家那样,有竹林有花圃,玲珑小巧令人喜爱。我带着几分酒意,睡在小板阁上,朦胧中听到在座的客人崔成老在弹奏雷琴,琴声如悲风晓月般的悲凉高洁,清脆的琴声如像是从天上云端飘下来似的。稍晚一些时候,我们步行走出城东,我买了一个在木盆,想用它来装满清冽的泉水,浸泡冷渍瓜李。然后,我们沿着小沟走进何家和韩家的竹园。那时何家正在竹要林里修筑一间堂屋,地基已经开辟出来了,于是他就在竹园阴凉处摆上酒菜招待我们。有个刘唐年主簿,送来一种油煎饼,我给它取名叫作"为甚酥",味道非常鲜美。客人们还想喝酒,但我忽然感到没有兴致了,就直接回家去,路过何家的小园圃,向他要了一丛橘树树苗,要把它移种到雪堂西面。今天一道游玩的徐得之,将要到福建去,以后再次会面的机会就很难预期了,要我把今天的游乐情景记录下来,好作为日后谈笑的资料。当时,只有参寥和尚不喝酒,是用枣子汤代替的。

李君山房藏书记

【题解】

这篇文章是熙宁九年（1076年）苏轼在密州写的。李君名常，字公择，南康军建昌（今江西南城）人。皇祐初禄年考取进士，做过齐州（今济南）知州，是苏门四学士之一的黄庭坚的舅父。李常年轻时候学习非常勤奋，有很多藏书。李氏山房在庐山的白石庵内。这篇文章是李常请苏轼写的一篇藏书记。文章记述了李常读书的成就和藏书情况，尤其是李常把自己的丰富藏书提供给有志于读书人的无私态度，读来实在令人敬佩。文章还对书籍印制的发展历史作了简要考察，说明现在要得到书籍比过去容易得多，但当时的科举士子却"束书不观，游谈无根"。文章批评了这种不读书、好空谈的不良风气，强调了认真读书的必要性，这对现在也是很有意义的。

【原文】

象犀珠玉怪珍[1]之物，有悦于人之耳目，而不适于用。金石草木丝麻五谷六材[2]，有适于用。而用之则弊，取之则竭。悦于人之耳目，而适于用；用之而不弊，取之而不竭；贤不肖之所得，各因其才；仁智之所见，各随其分[3]；才分不同，而求无不获得，惟书乎。

自孔子圣人，其学必始于观书[4]。当是时，惟周之柱下史老聃为多书[5]。韩宣子适鲁，然后见《易象》与《鲁春秋》[6]。季札聘于上国，然后得闻诗之风雅颂[7]。而楚独有左史倚相，能读《三坟》《五典》《八索》《九丘》[8]。士之生于是时，得见六经者盖无几，其学可谓难矣！而皆习于礼乐，深于道德，非后世君子所及。

自秦汉以来，作者益众，纸与字画日趋于简便[9]，而书益多，世莫不有,然学者益以苟简[10],何哉?余犹及见老儒先生,自言其少时,欲求《史记》《汉书》而不可得;幸而得之,皆手自书,日夜诵读,惟恐不及。近岁市人转相摹刻[11],诸子百家之书,日传万纸,学者之于书,多且易致如此,其文词学术,当倍蓰于昔人[12],而后生科举之士,皆束书不观,游谈无根,此又何也?

余友李公择,少时读书于庐山五老峰下白石庵之僧舍。公择既去,而山中之人思之,指其所居为李氏山房。藏书凡九千余卷。公择既已涉其流,探其源[13],采剥其华实[14],而咀嚼其膏味,以为己有,发于文词见于行事[15],以闻名于当世矣。而书固自如也,未尝少损。将以遗来者,供其无穷之求,而各足其才分之所当得[16]。是以不藏于家,而藏于其故所居之僧舍,此仁者之心也!

余既衰且病,无所用于世[17],惟得[18]数年之间,尽读其所未见之书,而庐山固所愿游而不得者,盖将老焉[19],尽发公择之藏,拾其余弃以自补,庶有益乎[20]。而公择求余文以为记,乃为一言,使来者知昔之君子见书之难,而今之学者有书而不读,为可惜也。

【注释】

[1]象犀:象牙、犀角。怪珍:奇珍异宝。[2]六材:指干、角、筋、胶、丝、漆六种材料。[3]仁智之所见,各随其分:意思是仁者智者都会因身份才智的不同而各有所见。[4]孔子:《史记·孔子世家》:"孔子读《易》,韦编三绝。"其学必始于观书:是说孔子虽是圣人,其学习也是从读书开始的。是点明书籍的作用和优点。[5]老聃:即老子,姓李名耳,谥聃。曾为周王室的柱下守藏史。守藏史是掌管藏书的官,所以说他"多书"。[6]韩宣子:晋国的大夫。《左传·昭公二年》载,朝宣子被派往鲁国行朝聘礼,得"观书于大史氏,见《易象》与《鲁春秋》。曰:'周礼尽在鲁矣。'"[7]季札:春秋吴国公子。《左传·襄公二十九年》载,季札朝聘于鲁,请观周乐,鲁国使乐王为之歌二南、国风和雅、颂,季札一一作了评论。[8]左使倚相:左使是官名,倚相是人名。《左传·昭公十二年》载,楚灵王对子革说左史倚相"是良史也,子善视之,是能读《三坟》《五典》《八索》《九丘》"的。[9]纸与字画日趋简便:古代没有纸,秦汉以前的文字主要是刻写在甲骨、青铜器、石头、竹木条等书写材料上。秦汉以来竹木简册和帛书成为主要的书写材料。后汉时期发明了纸。六朝隋

唐时演变成手抄的帛书和纸书。五代时起才开始发展为印本。文字，战国前为古文（籀文、大篆），秦代出现了小篆、隶书，三国时创造了楷书，以后又有印刷体。所以说纸与字画日趋简便。[10]益以苟简：更加苟且、简略、不认真。[11]市人：指书商。转相摹刻：辗转翻印。随着印刷术的进步，北宋刻书业不断发展，尤其神宗时取缔了擅刻图书的禁令后，坊刻、私刻图书业日益繁盛。[12]倍蓰（xǐ）于昔人：几倍地超过了前人。五倍叫蓰。[13]涉其流，探其源：是北说李公择广泛地涉猎图书，探讨典籍的源流。[14]华实：指花和果。[15]见于行事：表现于行动。[16]各足其才分之所当得：满足他们不同才分对知识的渴望。[17]无所用于世：没有什么才学可为世所用。[18]惟得：想能。[19]盖将老焉：大约要终老于此。[20]拾其作弃以自补，庶有益乎：把公择的藏书翻出来，拾取他学过的东西来充实自己，这会是很有益处的。

【译文】

象牙、犀牛角、珍珠、玉石等奇异珍宝，都只有观赏价值，而并没有什么实际用处。各种金属、石材、草料、木材、蚕丝、麻类以及五谷六材等等，虽有实用价值，但不耐用，时间一久就会破烂，并且这些东西总有用完的时候。既要有观赏价值，同时又有实用价值；使用起来不会破损，而且能永远用不完；不论是贤或者不贤的人都会因各自不同的才干而得到益处；不论仁者或智者都会因各自身份才智的不同而增长不同的见识；才能和身份完全不同的人，只要有要求就不会没有收获的东西，那就只有书籍了。

就是作为圣人的孔子，他的渊博学识也一定是从读书开始的。在那个时代，只有任周朝掌管藏书的柱下守藏史李耳那里才有很多书。晋国大夫韩宣子被派往鲁国行朝聘礼时，才见到《易象》和《鲁春秋》这两部书。吴国公子季札朝聘于鲁国时，请求观摩"周乐"，鲁国派乐工给他演唱了《周南》《召南》《国风》《大雅》《小雅》和《颂》。而楚国只有任左史的倚相这个人才能读《三坟》《五典》《八索》《九丘》这些典籍。生在那个时代的读书人，能够见到六经的没有几个，他们做学问是非常困难的。但他们对礼乐的熟习，道德的高深却不是后来的读书人能够赶得上的。

从秦代和汉朝以后，著书立说的人愈来愈多，随着纸张的发明和不断改进，以及文字的演化，写作起来更加简单方便，书也就愈来愈多，到处都可以见到，但读书人却马马虎虎地只图简单而不认真研读，这又是为什么呢？我还赶得上见到一些老一辈的读书人，他们说，在他们年轻时候，想寻求《史记》《汉书》都无法得到，或者有了到手的幸运，都是自己赶快手抄下来，连日赶夜地朗诵研读，就怕赶不上归还书籍的时间。近年来，书商辗转摹刻翻印书籍，诸子百家的书，一天就可以翻印上万卷，读书人对于书籍是那么容易就能得到的，按说他们的文章质量和学术水平就应当比过去的人高明几倍才是，然后这些年轻的要应考科举的读书人却把书收起来不认真研读，就像无根的浮萍那样到处闲游清谈，这又是为什么呢？

我的朋友李公择，年轻时在庐山五老峰下白石庵的和尚屋里读书。后来，公择考取进士，离开了庐山，那里的人们思念他，就把他在那儿住过的房屋叫做李氏山房。李氏山房贮有藏书九千多卷。公择对这些书已经广泛涉猎，阅读、探究了它们的源流，就像采摘剩食花果那样充分吸取了这些书籍的精华，化为自己的学识，阐发在他的文章中，表现在他的行为上，因此在当世已经很有名望了。但这些书仍然照样存在，并没有受到一点损失。把这些书留下来给愿意来读书的人，供给他们对知识的无穷无尽渴求，满足具有不同才气和天分的人各自应当得到的知识。李公择不把这些书收藏在他家里，而贮藏在他住过的和尚的房屋里，这种把自己的藏书留给后来的读书人的良好愿望和用心，就真是"己欲立而立人，己欲达而达人"（《礼记·中庸》）的仁者之心了。

我身体衰弱并且有病，已经没有什么才学可以为世所用了，只希望有几年时间能够把没有见到过的书都读完，而庐山是我愿意去但未能去成的地方，现在我将要进入老年了，把公择的全部藏书拿出来，拾取他学过的东西来充实自己，也许还是很有益处的。公择要我写一篇文章把这件事记录下来，我就为此述说一番，使后来的人知道过去的人要读书的困难，而现在的读书人却有了书而不认真研读，这是非常可惜的事啊！

祭欧阳文忠公文

【题解】

　　欧阳修于熙宁五年（1072年）九月逝世，苏轼写了这篇祭文。那时他任杭州通判。

　　欧阳修从见到苏轼考进士时的文章起，就一直很赏识苏轼，对他知遇很深。苏轼在这篇祭文里没有像通常写祭文那样，直接述写赞颂欧阳公的道德功勋，而是强调欧的存亡关系到国家朝廷的兴衰安危，表明一旦没有欧公，就会变怪杂出，斯文失传，所以天下岂能不为他的逝世而恸哭！同时，也叙述了他们苏家父子两代受到欧公的知遇之恩。这篇祭文上为天下，下哭私恩，写得情韵幽咽，凄恻感人。

【原文】

　　呜呼哀哉！公之生于世，六十有六年。民有父母[1]，国有蓍龟[2]，斯文有传[3]，学者有师，君子有所恃而不恐，小人有所畏而不为。譬如大川乔岳[4]不见其运动，而功利之及于物者，盖不可以数计而周知。今公之没也，赤子无所仰庇，朝廷无所稽疑，斯文化为异端，而学者至于用夷[5]，君子以为无为为善，而小人沛然自以为得时。譬如深渊大泽，龙亡而虎逝，则变怪杂出，舞鳣鲔[6]而号狐狸。

　　昔其未用也，天下以为病[7]；而其既用也，则又以为迟[8]；及其释位而去也[9]，莫不冀其复用；至其请老而归也，莫不惆怅失望[10]，而犹庶几于万一者，幸公之未衰，孰谓公无复有意于斯世也，奄[11]一去而莫予追！岂厌世溷浊，絜身而逝乎？将[12]民之无禄，而天莫之遗[13]？

昔我先君怀宝遁世[14]，非公则莫能致。而不肖无状，因缘[15]出入，受教于门下者，十有六年[16]于兹。闻公之丧，义当匍匐往救，而怀禄不去，愧古人以忸怩[17]，缄词[18]千里，以寓一哀而已矣！盖上以为天下恸，而下以哭其私。呜呼哀哉！尚享！

【注释】

[1]民有父母：《诗经·小雅·南山有台》："乐只(哉)君子，民之父母。"此是赞美欧阳修做官爱民如子。[2]国有蓍龟：指蓍草和龟甲，古时用来占卜。此是赞美欧阳修的政治见解卓越，为国判断问题和制定策略。[3]斯文：原来是指礼乐制度。此处是指儒道和文章。斯文有传：苏轼《六一居士集序》讲宋开国以来，"斯文终有愧于古士亦因陋守旧，论卑而气弱。自欧阳子出，天下争自濯磨，以通经学古为高。"[4]乔岳：高山。[5]芘：同"庇"。夷：指外来的佛教。欧阳修曾作《本论》三篇，申斥佛教。《六一居士集序》："欧阳子没十有余年，士始为新学，以佛、老之似，乱周、孔之实，识者忧之。"[6]鳝：同"鳅"，俗称泥鳅。鲜：同"鳝"，即黄鳝。[7]天下以为病：是说欧阳修过去没有得到重用，天下的人都会认为是不正常的。[8]则又为迟：嘉祐五年十一月，欧阳修始任枢密副使。六年闰八月，转参知政事，当时欧阳修已经五十五岁了。[9]及其释位而去也：治平四年三月，欧阳修被罢免参知政事，被贬为亳州(今安徽亳县)知州。[10]至其请老而归也：熙宁四年六月，欧阳修以观文殿学士，太子少师辞职，退居颍州，当时年已六十五岁。[11]奄：忽。[12]将：还是。[13]天莫之遗：《左传·哀公十六年》："孔子卒，公(鲁哀公)诔之曰：'旻天不吊(怜)，不慭(愿)遗一老。'"是说老天不可怜我们，不愿留下欧阳公。[14]昔我先君怀宝遁世：苏洵于嘉祐元年带苏轼兄弟入京，曾以所作文二十篇献给欧阳修，欧阳公很爱他的文辞，认为贾谊、刘向的文章亦不过如此。推荐苏洵为秘书省校书郎。怀宝遁世：是说苏洵满腹经纶，不愿出来做官。[15]因缘：机缘，机会。[16]十有六年：苏轼于嘉祐二年(1057年)中进士，主考官即欧阳修，至此时正十六年。[17]忸怩：惭愧。《尚书·五子之歌》："颜厚有忸怩。"古人有弃官奔老师之丧的先例。[18]缄词：封寄祭文。

【译文】

啊，这是多么令人悲哀呵！欧公只在人世上活了六十六年。他做官爱民如子，为国判断问题、制定政策，使儒学文章有了继承发展，莘莘学子有了老师，于是正人君子有了可靠的后盾不会懦弱胆怯，猥琐小人则有了惧怕而不敢胡作非为。你就像那高山大江，并没有看见它有什么明显的变化，但它们对万物产生的功能和有益的作用，是无法用具体数字来计算的。现在欧公逝世了，人民失去了他们最尊敬的保护人，朝廷没有了排疑解难的大臣，儒学文章受到排斥，学者们也转向了佛学，正人君子崇尚道家的"无为"学说，而猥琐小人则充分地认为他们得到了最好的时机。好比在高山险谷中没有了猛虎，大湖深潭里没有了巨龙，于是乎各种变化怪异的事都出来了，泥鳅黄鳝在狂舞，狡猾的狐狸也公然嘶号起来。

过去欧阳公没有得重用时，人们都认为是不正常的；直到嘉祐五年，欧公才任枢密副使，但当时他已经五十五岁了；在治平四年欧公被免参知政事，贬为亳州知州后，人们莫不希望他能再次得到重用；到熙宁四年欧公告老归隐，退居颍州时，人们莫不感到遗憾和失望，但还寄希望于万一的是，幸得欧公并没有衰老，怎能说他就没有再度出山的意思呢，而现在却忽然就一去不复返了！这是不是他厌烦了人世间的肮脏污浊，为了保持自己的干净身心而去的呢？还是人民没有这个福分，而天老爷也不愿给我们留下欧公老人家？

过去，我已去世的父亲怀才不遇，还是欧公赏识先君的文章，推荐他为校书郎。而不肖的我，有了更好的机缘作为欧公的学生已有十六年。听到欧公逝世的消息，从道义上说是应当扑爬礼拜地以最快速度去奔丧的，我却因为公务在身没有能够赶去，不能做到像古人弃官奔丧，真是十分惭愧，现在只能从千里以外封寄这篇祭文罢了！从大处说是为天下而哀悼，小处说是对欧公予我的恩情而痛哭。呜呼哀哉！尚享！

王安石赠太傅

【题解】

这是元祐元年(1086年)五月,苏轼为王安石赠太傅所起草的诰命。当时司马光当政,正逐一废除王安石推行的新法,但对变法派尚未大加清洗。这一年的四月,王安石病逝,司马光主张对他优加厚礼,因此追赠太傅称号。苏轼当时任中书舍人,负责起草这个诰命。后人对这则诰命有不同理解。如选注《经进东坡文集事略》的邱晔认为:"这些虽然是褒扬的言词,但这些言词都含有讽刺的意思。"而编著《王荆公年谱考略》的蔡尚翔却肯定地说:"这些都是苏轼的真心话,给王安石死后增添了光彩。"其实苏轼晚年同王安石有较好的交往,王安石死后,他也写诗悼念。他在这篇奉命用皇帝的口吻写的诰命中,对王安石作了很高的评价。

【原文】

敕[1]:朕[2]式观古初,灼见天命[3]。将有非常之大事,必生希世[4]之异人。使其名高一时,学贯千载。智足以达其道,辩足以行其言;瑰玮[5]之文,足以藻饰万物[6];卓绝之行,足以风动[7]四方。用能于期岁[8]之间,靡然变天下之俗。

具官[9]王安石,少学孔孟,晚师瞿聃[10]。网罗六艺[11]之遗文,断以己意;糠秕百家之陈迹,作新斯人[12]。属熙宁之有为,冠群贤而首用[13]。信任之笃,古今所无。方需功业之成,遽起山林之兴[14]。浮云何有,脱屣如遗[15]。屡争席于渔樵,不乱群于麋鹿[16]。进退之美,雍容[17]可观。

朕方临御之初[18],哀疚罔极[19]。乃眷三朝之老[20],邈在大江之南[21]。究观规摹[22],想见风采[23]。岂谓告终之问,在予谅暗之中[24]。胡不百年[25],为之一涕。于戏[26]!死生用舍之际,孰能违天?赠赙哀荣之文[27],岂不在我!宠以师臣之位[28],蔚为儒者之光。庶几有知,服我休命[29]。

【注释】

[1]敕:皇帝的命令。[2]朕:古代皇帝的自称。[3]灼见天命:清楚地看出天命。这是旧时定命论的说法。[4]希世:世上少见。[5]瑰玮:奇伟,卓异不凡。[6]藻饰万物:指用多彩的文笔描绘各种事物。[7]风动:影响,推动。[8]期岁:一周年。[9]具官:唐宋以来公文的套语,把应写明的官爵简写为"具官"。[10]瞿聃:代指佛老。瞿,瞿昙,释尊的姓。聃,老子名聃,道家的始祖。[11]六艺:指诗、书、易、礼、乐、春秋等六种儒家经典。[12]糠秕百家之陈迹,作新斯人:是说把各家的旧说视如糠秕,而用创新的解释教化百姓。王安石曾设置经义局,训释《诗》《书》《周礼》三经义,颁行天下,被称为"新学"。[13]冠群贤而首用:熙宁初年,王安石受到神宗器重,被任为参知政事,主持变法。[14]遽起山林之兴:是说正需要王安石完成治国的功业,却突然产生了隐居山林的雅兴。王安石因推行新法受到保守派的反对,于熙宁七年罢相,次年复同中书门下平章事,熙宁九年又第二次罢相,自此退居江宁十年,直到去世。这里说王安石自己要隐居山林,是一种曲为掩盖的说法。[15]浮云何有:是说王安石把富贵看成浮云一样与自己无关。浮云,比喻无关。《论语·述而》:"不义而富且贵,于我如浮云。"脱屣如遗:对爵位像抛弃鞋子一样毫不惋惜。脱屣,形容容易。《淮南子·主术》:"尧举天下而传之舜,犹却行而脱屣也。"[16]屡争席于渔樵:侧身于渔父樵夫之间。不乱群于麋鹿:同麋鹿做朋友,彼此安然相处。形容王安石不慕荣利,心情恬淡。[17]雍容:儒雅大方。[18]临御之初:开始治理国家。哲宗于元祐元年即位,所以这样说。[19]哀疚罔极:无限哀痛、悲伤。旧时把居丧叫"在疚"。哲宗之父赵顼(神宗)元丰八年死去,这时哲宗正在服丧。[20]三朝之老:指王安石。王安石历仕仁宗、英宗、神宗三朝。[21]邈在大江之南:指王安石退居金陵。邈,远。[22]究观:细看。规摹:指王安石治国的方略。[23]风采:指风度仪容。《汉书·霍光传》:"天下想闻其风采。"[24]"岂谓告终之问"二句:是说没想到对你终老的问候,竟发生在我居丧的期间。[25]胡不百年:为何不长寿百年呢。[26]于戏:同"呜呼"。悲叹词。[27]赠赙(fù):对死者赠送财物或称号叫赠赙。哀荣之文:对死者褒奖的文字。[28]师臣之位:指太傅的爵位。[29]服我休命:我说接受这光荣的

诏命。

【译文】

皇帝命令说：我观察从古代开始，清楚地看出了天道命运。凡是将要发生不平常的大事的时候，必然会出现世上少见的特别人才。他的名气是当时最高的，他的学问能贯穿经传、驰骋古今。他的智慧完全可以表达他的道理，他的辩才完全可以实行他的理论；绚丽多彩的文笔能完美地描绘各种事物，卓越不凡的德行，完全可以推动影响各个方面。能够在一年的时间里，就顺利地改变天下的习俗风气。

职官王安石，年轻时候学习孔子孟子的儒家学说，晚年崇拜佛教和道家。广泛集诗、书、易、礼、乐、春秋这六艺之外的文章，用自己的理解来判断；把各家的陈旧学说看作糠秕，而用新的观点来教化人民。熙宁初年就得到有作为的神宗皇帝的赏识，把他看作大臣中的顶尖人才加以重用，对他的信任之深，是古往今来所没有的。正需要他完成治国功业的时候，他却忽然产生了退隐山林的念头。他把富贵看成与他无关的浮云，把爵位当成脱掉鞋子那样地予以抛弃。多次争取同渔人樵夫一道，与麋鹿安然相处的生活。他有不计较进而为官退而为民的美德，和雍容大方的气度。

朕（指哲宗皇帝）刚继承帝位，开始治理国家，还对先帝的哲世充满无限哀痛。就眷念着你这位经历了仁宗、英宗和神宗三朝的老臣，还远远地退居在江南的金陵。我仔细研究了你的治国方略，就很想和你见面。殊不知你的死讯传来，正在我居丧期间，你为什么不能长寿百年啊，我为此而流泪。呜呼！面对死和生、需要和舍弃的关键时刻，怎么能够违反命运呢？我怎能不赠送褒奖你的文字，封赠你太傅的称号，表彰你是学者的光荣。如果你地下有知，请接受这光荣的诏命。

潮州韩文公庙碑

【题解】

韩愈死后谥为文,所以称韩文公。他是唐代文学方面开宗立派的人物。他主张复兴儒学,提出恢复先秦、西汉散文优秀传统,带头发起"复古运动"。这实际上是针对骈俪文发起的一场改革文体、文风和文学语言的运动。以韩愈、柳宗元为领袖的一批古文作家,用自己的卓越作品抵制并战胜了骈文创建了苏轼所说的"文起八代之衰"的功绩。

这篇碑文是元祐七年(1092年)应潮州知州王涤的约请,为潮州新建的韩文公庙写的。苏轼在碑文中肯定了韩愈在儒学和文学上的卓越贡献,同时也颂扬了他贬任潮州刺史时的政绩。概述并分析了他一生的遭遇和得失。对韩愈的评价不免有夸大之处。但文章将议论同叙事相结合,行文气势充沛,语句既整齐又活泼,突出了韩愈一生中的重大事件。又渗透了作者的身世和感触,加强了碑文的感情色彩。

后世对苏轼这篇碑文评价很高。《容斋随笔》写道:众家"称颂韩公之文,各极其挚……及东坡之碑一出,而后众说尽废。"《三苏文范》上说:"《韩文公庙碑》,非东坡不能为此,非韩公不足以当此,千古奇观也。"

【原文】

匹夫而为百世师,一言而为天下法[1]。是皆有以参天地之化[2],关盛衰之运[3]。其生也有自来,其逝也有所为[4]。故申、吕自岳降[5],传说为列星,古今所传,不可诬也[6]。孟子曰:"我善养吾浩然之气。"是气也,寓于寻常之中,而塞乎天地之间[7],卒然遇之,则王公失其贵,晋、楚失其富[8],良、平失其智[9],贲、育失其勇[10],仪、秦失其辩[11]。是孰使之哉?其必有不依形而立,不恃力而行,不待生而存,不随死而亡者矣[12]。故在天为星辰,在地为河岳,幽[13]则为鬼神,而明[14]则复为人。此理之常,无足怪者。

自东汉已来,道[15]丧文弊,异端并起[16],历唐贞观、开元之盛[17],辅以房、杜、姚、宋[18]而不能救。独韩文公起布衣,谈笑而麾[19]之,天下靡然[20]从公,复归于正,盖三百年[21]于此矣。文起八代之衰[22],而道济天下之溺[23],忠犯人主之怒[24],而勇夺三军之帅[25]。此岂非参天地、关盛衰,浩然而独存者乎?

盖尝论天人之辩,以谓人无所不至,惟天下不容伪[26]。智可以欺王公,不可以欺豚鱼[27];力可以得天下,不可以得匹夫匹妇之心。故公之精诚,能开衡山之云[28],而不能回宪宗之惑[29];能驯鳄鱼之暴[30],而不能弭皇甫镈、李逢吉之谤[31];能信于南海之民,庙食[32]百世,而不能使其身一日安宁之于朝廷之上。盖公之所能者,天也;其所不能者,人也[33]。

始潮人未知学,公命进士赵德为之师[34]。自是潮之士,皆笃于文行,延及齐民[35],至于今,号称易治。信乎孔子之言,"君子学道则爱人,小人学道则易使[36]也"。潮人之事公也,饮食必祭,水旱疾疫,凡有求必祷焉。而庙在刺史公堂[37]之后,民以出入为艰。前守欲请诸朝作新庙,不果。元祐五年[38],朝散郎[39]王君涤来守是邦。凡所以养士治民者,一以公为师。民既悦服,则出令曰:"愿新公庙者听。"民欢趋之,卜地于州城之南七里,期年而庙成。

或曰:"公去国万里,而谪于潮,不能一岁而归[40],没而有知,其不着恋于潮也,审[41]矣。"轼曰:"不然。公之神在天下者,如水之在地中,无所往而不在也。而潮人独信之深,思之至,焄蒿凄怆[42],若或见之[43]。譬如凿井得泉,而曰水专在是,岂理也哉!"

元丰七年,诏封公昌黎伯[44],故榜曰:"昌黎伯韩文公之庙。"潮人请书其事于石,因为作诗以遗之,使歌以祀公。其词曰:

公昔骑龙白云乡[45]，手抉云汉分天章[46]，天孙[47]为织云锦裳。飘然乘风来帝旁，下与浊世扫秕糠[48]，西游咸池略扶桑[49]，草木衣被昭回光[50]。追逐李杜参翱翔[51]，汗流籍、湜走且僵[52]，灭没倒景不可望[53]。作书诋佛讥君王[54]，要观南海窥衡湘[55]，历舜九疑吊英皇[56]。祝融先驱海若藏[57]，约束鲛鳄如驱羊[58]。钧天无人帝悲伤[59]，讴吟下招遣巫阳[60]。爋牲鸡卜羞我觞，于粲荔丹与蕉黄[61]。公不少留我涕滂，翩然被发下大荒[62]。

【注释】

[1]百世师：《孟子·尽心下》："圣人，百世之师也。"是写韩愈为出身平凡的圣人，百世之师。天下法：《礼记·中庸》："是故君子动而世为天下道，行而世为天下法，言而世为天下则。"是说君子的言和行是天下人的标准。[2]参天地之化：可以和天地的化育万物相提并论。[3]关盛衰之运：和国家命运的强盛和衰弱有密切的关系。[4]其生也有自来：他的降生是有来历的。其逝亦有所为：他的死去也有一定的缘故。[5]申、吕自岳降：申伯、吕侯(甫侯)是周宣王、周穆王的大臣，传说他们诞生的时候，有嵩山降神的吉兆。[6]传说为列星：传说商王武丁的宰相，他死后飞升上天为星宿。《庄子·大宗师》上载传说："相武丁，奄有天下，乘东维，骑箕尾，而比于列星。"东维在箕、斗二星之间，天河之东。不可诬也：不可以抹煞。[7]塞乎天地之间：即充满于天地之间。[8]晋、楚失其富：《孟子·公孙丑下》："曾子曰：晋、楚之富，不可及也。"晋楚是春秋时期两个最富强的国家。[9]良、平失其智：指张良和陈平。都是辅助刘邦平定天下建立汉朝的功臣，都是以足智多谋著名的人物。[10]贲、育失其勇：指孟贲和夏育。他们都是古代著名的勇士。[11]仪、秦失其辩：指张仪和苏秦。两人均是战国时期游说列国著名的纵横家，以能言善辩著名于世。[12]"不依形而立"四句：是说重复用四个"不"字，说明了笔力的过人之处。[13]幽：即幽冥。指阴间。[14]明：指在人世间。[15]道：指儒家的学说和思想。[16]异端并起：古代认为儒家是正统，除此以外的学派即道家、墨家等是异端。韩愈《原道》："周道衰，孔子没，火于秦，黄、老于汉，佛于晋魏、梁、隋之间"。[17]贞观、开元之盛：即唐太宗贞观时期、唐玄宗开元时期，都是唐代的兴盛时期。[18]房、杜、姚、宋：指房玄龄、杜如晦，都是唐太宗在位时的宰相。姚崇、宋璟都是唐玄宗在位时的宰相。[19]麾：指挥，号召。[20]靡然：倾倒的样子。[21]三百年：从韩愈提倡古文到苏轼时期将近三百年。[22]文起八代之衰：八代指东汉、魏、晋、宋、齐、梁、陈、隋。《旧唐书·韩愈传》载韩愈"常以为自魏、晋已还，为文者多拘偶对，而经诰之指归，迁、雄之气格，不复振起矣。故愈所为文，务反

近体,抒意立言,自成一家新语。后学之士,取为师法。"[23]道济天下之溺:指提倡儒家的学说,拯救了沉溺于黄老、佛教之说的人们。[24]忠犯人主之怒:唐宪宗崇佛,遣使者往凤翔迎佛骨入宫禁,韩愈上表极谏,触怒了宪宗,要处死韩愈,经群臣营救,贬为潮州刺史。[25]勇夺三军之帅:形容英勇过人。唐穆宗(名李恒),镇州(今河北省正定县)发生叛乱,杀田弘正,拥立王廷凑。唐穆宗派遣韩愈前去安抚,大家都为韩愈的生命担忧。韩愈到了镇州,王廷凑陈列甲士、严兵等待。但韩愈侃侃而谈,说明利害关系,从而说服了将士,平息了镇州之乱。[26]人之辩:指天道和人事的不同。谓人无所不至:指争权夺利的人,什么办法都能使出来,但上天不容许这样做。伪:即虚假。[27]不可以欺豚鱼:是说如不能取信于豚、鱼,就不吉利。[28]能开衡山之云:衡山是五岳之一,称南岳。在湖南省衡山县西。韩愈遭贬路过湖南省衡山,正逢秋雨时节,天气阴晦。韩愈暗中祝祷,忽然云散天晴,群峰尽出,得以观山景。[29]不能回宪宗之惑:指崇佛,唐宪宗不听一事。[30]能驯鳄鱼之暴:韩愈初到潮州,询问民间的疾苦,都说恶溪有鳄鱼,常常袭击人畜。韩愈亲自去看了,命令下属以一羊一豚投溪水而祝祷。韩愈还写了《祭鳄鱼文》,令鳄鱼迁走。据说当天晚上暴风震电,鳄鱼果然离开了,潮州从此以后就没有鳄鱼为患。鳄鱼是一种凶恶的爬虫,体长丈余,常常袭击来往于水边的人畜。[31]皇甫镈、李逢吉之谤:皇甫镈是唐宪宗时的宰相,宪宗看到韩愈贬潮州的谢表后,想再重用他,皇甫镈忌恨韩愈耿直,说他狂疏,所以只改派韩愈为袁州刺史。李逢吉是唐穆宗时的宰相,曾故意制造韩愈与李绅的矛盾,从而借口两人不和,遂罢韩愈为兵部侍郎(当时韩愈是京兆尹兼御史大夫),而将李绅派到江西去当观察使。弭:消除。[32]南海之民:指潮州人。庙食:指庙祭。[33]"公之所能者"四句:是说韩愈所能做的是遵从天道,所不能做的是屈节从人。[34]赵德:韩愈《潮州请置乡校牒》:"赵德秀才,沈雅专静,颇通经,有文章,能知先王之道,论说且排异端,而宗孔氏,可以为师矣!请摄海阳县尉,为衙推官,专勾当州学,以督生徒,兴恺悌之风。"他曾编辑韩愈的文章为《文录》。[35]笃于文行:学习勤奋、行为诚恳的意思。齐民:指平民。[36]小人学道则易使:儒家认为老百姓受教育就容易管理。[37]刺史公堂:州官的办公衙门。[38]元祐五年:即1090年。元祐是宋哲宗的年号。[39]朝散郎:文官的名称。是从七品没有定职的文散官。[40]不能一岁而归:韩愈于唐宪宗元和十四年(公元819年)正月被贬为潮州刺史,同年十月调为袁州刺史,在潮州不满一年。[41]不眷恋于潮:韩愈《潮州刺史谢上表》表示不愿意"居蛮夷之地,与魑魅为群",又说"怀痛穷天,死不闭目。瞻望宸极,魂神飞去",希望调回朝廷做官。审:清楚,明白。[42]焄(xūn)蒿凄怆:指祭神时香气散发,引起悲伤的感情。[43]若或见之:仿佛看到了韩愈的神灵。[44]昌黎伯:韩愈的原籍是昌黎,所以封为昌黎伯。[45]公昔骑龙白云乡:古人称天是神仙居住的地方是"白云乡"。是说韩愈本来就是天上的仙人。[46]手抉云汉分天章:用手拨开天河上的云彩。[47]天孙:星名,即织女星。[48]帝:指天帝。下与浊世扫秕糠:是说到人间来给浊乱的社会扫除糟粕和秕糠。[49]西游咸池略扶桑:咸池,神话传说是太阳沐浴的地方。扶桑,古代神话传说是海外的大桑树,是太阳初升处的神木。[50]草木衣被昭回光:是说韩愈的道行文章辉映一代,好像是日月之光普照大地,泽润草木一样。[51]追逐李杜参翱翔:是说韩愈可以韩上李白、杜甫,并可以和他们并驾齐驱。[52]汗流籍湜走且僵:张籍、皇甫湜之流,汗水流尽、两腿走僵了也望尘莫及。是形容籍、湜赶不上。[53]灭没倒景不可望:是说张籍、皇甫湜等像倒影一样容易灭没。指难以仰望韩愈的巨大成就。[54]作书诋佛讥君王:指韩愈谏迎佛骨一事。[55]要观南海窥衡湘:韩愈被贬到潮州,从京城长安出发,南下经过湖南省到达南海郡,一路上看到了衡山和湘江。[56]历舜九疑吊英皇:《史记·五帝纪》载舜"南巡狩,崩于苍梧之野,葬于江南九疑。"九疑,山名,又名苍梧。在湖南省宁远县南。娥皇、女英是舜的两位妃子,传说死于江、湘之间。韩愈著有《祭湘君夫人》和《黄陵庙碑》,都是记述二妃之事。[57]祝融先驱海若藏:祝融,南之之神。海若,海神。是说祝融和海若逃走、潜藏起来了,水灾消灭,海水驯服。[58]约束鲛鳄如驱羊:指韩愈在潮州祭鳄鱼一事。鲛,即大鲨鱼。[59]钧天:指天的中枢。中央即钧天。[60]讴吟下招遣巫阳:上帝追派巫阳(神巫)到下界唱着歌曲来招韩愈的魂。[61]犦牲鸡卜羞我觞:以牦牛做供品,以鸡骨占卜,献上我怀中的酒。于粲荔丹与蕉黄:于粲,形容色彩鲜明。殷红色的荔枝,金黄色的香蕉。[62]涕滂:即泪如泉涌。翩然被下大荒:是说韩愈的灵魂离开了人世间,翩然返回仙界去了。

【译文】

一个普通通的人而成为人们世世代代推崇的师表,像孔圣人那样,说的话就成为人们行为的准则。这是因为他具有同天地那样的造化教育的功绩,关系到国家兴盛或衰败的命运。他诞生是有来头的,他逝世后也会有所作为。周宣王时的栋梁大臣申伯、吕侯是山岳神灵降生人间的,商王武丁的宰相传说死后成为天上的星宿,这些古往今来的传说,并不是骗人的假话。孟子说:"我善于培养我的刚正之气。"这种至大至刚之气,寄寓在普通事物里,充满天地万物中间,突然碰到这种至大至刚之气,王公的尊贵,晋、楚的财富都失去了光彩,张良、陈平的智谋,孟贲、夏育的勇敢,以及张仪、苏秦的辩才都失去了意义。这是什么缘故呢?是因为这浩然之气具有不依赖形体而能自主,不仗恃勇力而能行动,不需要生就自然存在,不因为死就随着消失。因此在天上它就成为星宿,在地下就化为高山大河,在幽冥处就成为鬼神,在人世间就再生为人。这个道理很平常,是没有什么值得奇怪的。

　　从东汉以来,儒家的学说思想沦丧了,文风也败坏了,各种非儒家的学说都起来了,尽管经历了唐朝的贞观、开元盛世,有像房玄龄、杜如晦、姚崇、宋璟这些贤相的匡辅,但仍然没有能够挽救过来。只有韩愈老先生从平民百姓出身,在他那轻松潇洒的号召挥斥下,人们都风涌而起地响应追随他,使思想、文章都回到儒家的正道上来,到现在已经有三百年了。他的文章使东汉以来连续八个朝代,那衰颓的文风重新振作起来,他提倡的儒道拯救了天下沉溺于道家、佛学等受害者,他上书谏迎佛骨触怒了皇帝,被贬为潮州刺史;他宣抚镇州兵时,勇敢地面对严阵以待的敌军,侃侃而谈,折服了他们的主帅。这些产生同天地一样的化育之功,关乎国家兴衰、命运之力的,难道不正是他具有的独特浩然之气吗?

　　我曾经论述过天道与人事的不同,人为了争权夺利什么办法都使得出来,但天道是不容许作假作伪的。你的智慧可以欺骗王公大臣,却欺骗不了河豚鱼类;你可以用力量得到天下,但得不到普通爱老百姓的人心。所以韩文公的精神和诚意能够使衡山的云雾散开,却无法挽回崇佛的宪宗皇帝所受的迷惑;他能为潮州人民驯服那凶狠残的鳄鱼,却无法消除皇甫镈、李逢吉对他的诽谤;他能够得到潮州人民的信任,他们替韩文公修建庙堂,世世代代地祭祀他,却无法让自己在朝廷上过一天平安日子。这是因为韩文公能做到的是遵循天道的事,而他所办不到的则是屈节从人的事。

　　当初潮州人民不懂得应该读书明理,韩文公就派进士赵德来做他们的老师。从此以后潮州的读书人都能勤奋地读书,行为诚恳,他们的言行还影响到老百姓,所以直到今天,潮州被叫作容易治理的地方。孔子的话说得好,"君子学了道理就会爱护人民,老百姓学了道理就能驯顺服从,便于治理。"潮州人对待韩文公,吃饭前一定要祭奠他,遇到天下水涝或瘟疫疾病,凡是有什么心愿都要向他祷告,但原来的韩文公庙在刺史衙门的后面,老百姓是进出很不方便。前任知州想申请朝廷批准重新修一座韩文公庙,没有办成。元祐五年,朝散郎王涤来做潮州知州,凡是有关培养读书人,治理老百姓的事,都以韩文公为老师,一律按照他当年的做法去做,老百姓都很心悦诚服,于是王知州发出通知说:"凡是同意给韩文公修新庙的就听从我的命令。"于是老百姓们都高高兴兴地跟从他,新庙地址选择在潮州南郊离城七里的地方,才一年时间新的韩文公庙就建成了。

有这样一种说法:"韩文公离开京城上万里,被贬谪到潮州,不到一年时间就调走了,如果他死后还有知觉,他是不会留念潮州的,这是明摆着的事。"苏轼辩驳说:"这种说法不正确。韩文公的神灵存在这世上,就同水在地下一样,是没有什么地方不存在的,而潮州人民崇拜信仰他,又特别深,思念他到极点,在悲育地祭祀他的缭绕香烟之中,还似乎能够看到他。比如在挖井时得到了泉水,就说只有这里才有地下泉水,哪有这样的道理呢!"元丰七年,宋神宗下诏封赠韩文公为昌黎伯,因此庙的门额上写的是:"昌黎伯韩文公以之庙"。潮州人请我把韩文公的事迹写成一篇碑文,我还因此作了一首诗送去让他们在祭祀文公时唱颂。歌讯是这样的:

韩文公曾经在白云之乡的天空骑龙遨游,他手抚天河,拨弄云彩,穿着天孙织女织的云裳羽衣,轻快地乘着风来到玉皇大帝身边,凡到人间来是为了打扫清除尘世中的乱臣贼子,他从西边那太阳沐浴的咸池,巡行到东边太阳升起的扶桑,草木都映照着他的光辉。他追逐着伟大的诗人李白、杜甫,同他们一起在天空中自由飞翔,张籍、皇甫湜他们汗流浃背地追赶得两腿僵直,累倒在地也望不到文公他们的背影。韩文公因为上书谏迎佛骨讽谏皇帝,在被贬到潮州途中,观赏了南海,看到衡山和湘江,经过九疑山时凭吊女英和娥皇。他到了南海,祝融、海若被驱逐躲藏,鲛鳄驯服得像羔羊,消灭了水灾海患。由于韩文公下了凡,天宫没有了他,玉皇大帝也因此感到悲伤,就派遣巫阳唱着招魂曲下来把文公招回天上。供献上牦牛蔡品、卜卦的鸡骨头和美酒,还有鲜红的荔枝和黄澄澄的香蕉。文公啊不稍微多留一会儿,我的泪水啊像滂沱大雨般的地滴落,他飘着头发轻灵潇洒地飞向大荒仙境。

三槐堂铭

【题解】

本文是元丰二年(1079年)苏轼任潮州知州时,给学生王巩家的"三槐堂"写的。文章当然是给王氏几代歌功颂德的,并且大讲其因果报应,这显然是苏轼思想的局限方面。但文章一开始就提出"天可必乎""天不可必乎"的设问,并引证了申包胥的"人众者胜天,定天亦能胜人"的思想,强调天可必的报应在于"积德",在于"忠信仁厚",同时人的坚持和努力也是可以改变天道的。这无疑包含着一层积极的意义。

【原文】

天可必乎,贤者不必寿。天不可必乎,仁者必有后。二者将安取衷哉?吾闻之申包胥[1]曰:"人众者胜天,天定亦能胜人[2]。"此之论天者,皆不待其定而求之,故以天为茫茫[3]。善者以怠[4],恶者以恣[5],盗跖[6]之寿,孔颜之厄,此皆天之未定者也。松柏生于山林,其始也,困于蓬蒿[7],厄于牛羊,而其终也,贯四时阅千岁而不改者,其天定也。善恶之极,至于子孙,而其定也久矣。吾以所见所闻所传闻考之,而其可必也审矣。

国之将兴,必有世德之臣,厚施而不食其报,然后其子孙能与守文太平之主共天下之福。故兵部侍郎晋国王公[8],显于汉周之际,历事太祖太宗,文武忠孝,天下望以为相,至公卒以直道不容于时。盖尝手植三槐于庭曰:"吾子孙必有为三公者。"已而其子魏国文正公相真宗皇帝于景德祥符[9]之间,朝廷清明天下无事之时,享其福禄荣名者十有八年[10]。今夫寓物于人,明日而取之,有得有否。而晋公修德于身,责报于天,取必于数十年之后,如持左契[11],交手相付。吾是以知天之果可必也。

吾不及见魏公,而见其子懿敏公[12],以直谏事仁宗皇帝,出入侍从将帅三十余年[13],位不满其德。天将复兴王氏也欤,何其子孙之多贤也?

世有以晋公比李栖筠[14]者,其雄才直气,真不相上下,而栖筠之子吉甫,其孙德裕,功名富贵,略与王氏等,而忠信仁厚,不及魏公父子[15]。由此观之,王氏之福,盖未艾也。

懿敏公之子巩[16]与吾游。好德而文;以世其家。吾以是铭之。铭曰:

呜呼休哉!魏公之业,与槐俱萌[17]。封值之勤,必世乃成。既相真宗,四方砥[18]平。归视其家,槐阴满庭。吾侪小人[19],朝不及夕[20]。相时射利,皇恤厥德[21]。庶几侥幸[22],不种而获。不有君子,其何能国[23]。王城之东,晋公所庐。郁郁三槐,惟德之符[24]。呜呼休哉!

【注释】

[1]申包胥:又称王孙包胥,春秋时楚国的贵族。和伍子胥是知己朋友。楚昭王十年(公元前506年),吴国用伍子胥的计谋攻破楚国。申包胥到秦国求救,在宫廷上痛哭七日七夜,终于感动了秦国发兵救楚国。[2]人众者胜天,天定亦能胜人:《史记·伍子胥列传》记楚大夫申包胥使人对伍子胥说:"吾闻之,人众者胜天,天定亦能破人。"苏轼引用此话时稍加以变动。[3]茫茫:渺茫,模糊不清。[4]怠:懈怠,怠慢。[5]恣:放纵。[6]盗跖:跖是春秋战国时期人民起义反抗贵族的领袖,见于《孟子》《商君书》《荀子》等书。《荀子·不苟》:"盗跖吟口,名声若日月,与舜禹俱传而不息;然而君子不贵者,非礼仪之中也。"盗,是旧时的贵族对他诬蔑的称呼。[7]蓬蒿:是茼蒿的俗称。属菊科。有香气,春秋季节都可以栽培。这里是用来比喻散乱、蓬松、丛生而又茂盛的样子。[8]晋国王公:即王祐(注:旧刊本作佑,误),字景叔,莘(今山东省西部莘县)人,宋太宗称赞王祐的文章和清节,特拜为兵部侍郎。[9]魏国文正公相真宗皇帝:魏国文正公即王旦,字子明。是

王祐的次子。太平兴国(宋太宗的年号)进士,真宗时累擢至知枢密院,进太保。王旦执政很久,能荐引人才。景德三年(1006年)拜相。对真宗后帝迷信道教,所搞的封禅、"天书"等活动,则从不反对,所以,能久安其位。景德祥符:都是真宗的年号。[10]十有八年:《邵氏闻见绿》:"王晋公祐事太祖为知制诰,太祖遣使魏州,以便宜付之,告曰:'使还与卿王溥官职。'时溥为相也。盖魏州节度使符彦卿太宗夫人之父,有飞语闻于上。祐至魏,得彦卿家僮二人,挟势恣横,以便宜决配而已。及还朝,太祖问曰:'汝敢保符彦聊无异意乎?'祐曰:臣与符彦卿家各有百口,愿以臣之家保符彦卿。'又:'五代之君,多因猜忌杀无辜,故享国不长,愿陛下以为戒。'帝怒其语,直贬护国军行军司马,华州安置,七年不召。太宗即位,以兵部侍召,不及见而薨。"[11]左契:古代契约分左右两联,双方各执一联。[12]懿敏公:即王素,字仲仪,王旦之子,赐进士出身,仁宗擢知谏院,遇事敢言,官终工部尚书,死后谥懿敏。[13]出入侍从将师三十余年:王素擢天章阁侍制,端明殿学士;又乞换武职,改澶州观察使。[14]李栖筠:字贞一,赵县(今河北省赵县)人。庄重寡言,文章劲拔。唐肃宗时累官至给事中,有宰相的声望,元载妒忌他,外调为常州刺史。唐代宗想任命他为宰相,怕元载(字公辅,代宗时的宰相)只好中止。栖筠忧愤而死。[15]不及魏公父子:元载当国很久,越来越恣横,唐代宗阴引用刚鲠大臣帮助自己,于是拜李栖筠为御史大夫,栖筠素来方挺无屈,多方辅助。其子李吉甫、李德裕相继为相,都以功业显。但吉甫和德裕颇挟私修怨,遂成朋党之祸,所以赶不上魏公父子的为人。[16]巩:字定国,王素的儿子。[17]萌:发芽或萌芽。[18]砥:磨刀石。《淮南子·说山训》:"厉利剑者必以柔砥。"[19]侪(chái):辈,类。杜预注:"侪,等也。"[20]朝不及夕:《左传·昭公元年》赵孟曰:"吾侪偷食,朝不谋夕。"[21]厥:通"掘"。[22]侥幸:企图偶然获得成功或意外地免去不幸。《庄子·盗跖》:"妄作孝弟而侥幸于封侯富贵者也。"[23]不有君子,其何能国:《左传·文公十二年》:"秦伯使西乞术来聘,且言将伐晋,襄仲辞玉,对曰:'不腆敝器,不足辞也。'主人三辞,宾答曰:'寡人愿徼福于周公鲁公以事君,不腆先君之敝器,使下臣致诸执事,以为瑞节,要结好命,是以敢致之。'襄仲曰:'不有君子,其能国乎。'厚贿之。"[24]郁郁三槐,惟德之符:初,王祐被贬时,亲朋送别于都门外,对祐说:"本来是想你会作薄官职的。"祐笑说:"祐不做,儿子二郎必做。"二郎即是文正公旦,祐知其必贵于是手植三槐于庭说:"我子孙必有为三公者。"种槐即是种德。其子孙果然皆做宰相。

【译文】

要说天道是确定无疑的吧,那么贤良的人为什么不能活得长久一些呢?要说天道是不可捉摸的吧,那么仁德的人为个么总是有好的后代呢?这两种情况应该如何取舍才是正确的呢？我听到申包胥曾经这样说过：'人只要能坚定不移就能战胜大自然，但天道的规律不是随着人以任意改变得了的。'世间议论天道的人，都没有等待自然规律的逐渐形成就去探求它，因此，做好事的人懈怠疏懒了，做坏事的人任决意放纵起来。其实盗跖的长寿，和孔子颜渊等人遭遇的艰难，都是在天道规律还没有形成的情况下发生的，松树柏树生长在山林里，起初它的幼苗也会被蓬蒿野草掩荫纠缠，被牛羊任意践踏。但最终结果呢？它们贯串四季，经历千年却仍然能够挺然直立，这就是天道规律所决定了的呵。好善或作恶的报应，会在子孙身上体现出来，这也是天道决定了的。从我亲自看到的和听到一些事情来考察，天道的存在是确定无疑的，十分清楚的。

一个国家将要兴旺发展，一定有前朝的大臣做了很多好事而没有享受到应有的报答，他的后代子孙才能同太平天子共同享福。已去世的兵部侍郎晋国公王祐，在五代的汉、周就做了大官，后来又经历了宋太祖、太宗两朝，能文武、忠孝两全，人们都希望他来当宰相，但终于因为他的刚正不阿，为当时的当权者所不容。他曾经亲手种了三棵槐树在院子里，他说："我的子孙一定会有担任三公（太师、太傅和太保）的。"后来，他的儿子魏国公、王文正公王旦，在景德、祥符年间担任真宗皇帝的宰相，当时朝政清明、天下安定、安享荣华富贵达十八年之久。当前，如果把东西寄放在别人家，第二天去取，有能取到，但也有可能取不到，而晋国公自身修养积德，向天要求报偿要几十年后才能得到，如像拿着半张契约，到时就会兑现。从这里，我了解到天道果然是无可怀疑的。

我没有赶上见到魏国公王旦，但见到他的儿子懿敏公王素，仁宗皇帝御笔亲自任他为谏官，在朝侍从皇帝，在外担任将帅三十多年，他的德行远远超过了他所居的职位。这是老天爷要使王家进一步兴旺发达吧！否则，为什么王家会有这么多优秀的子孙呢？

有人把晋国公比作唐肃宗时的李栖筠。他们二人在雄才大略、刚正不阿这些方面，真是不相上下，栖筠的儿子吉甫，孙子德裕，在得到功名富贵上也同王家差不多，但在忠信仁厚方面，李家父子就赶不上王家父子了，从这里看，王氏的福泽还没有终止哩！

懿敏公的儿子王巩同我交游，他注重品德，又会写作，以此来继承他的家世。我以他的家世作了这篇铭。铭辞就是这样的：

啊，多么美啊！魏公的业绩同槐树一道萌发生长，经过辛勤地栽种培植，要经过一代人才能长成，他当真宗皇帝的宰相，把天下治理得平安无事。回过头来看看他家里的槐树，树阴把整个庭院都遮满了。我们这些目光短浅的普通人，早晨顾不上晚上的事，只能观察有利时机，谋取直接利益，没有功夫去修养德行。也许可能因为一时侥幸，没有播种就得到收成。然而，如果没有修养德行的仁人君子，国家怎么能够存在呢。在京都的东边，晋公的家里，那郁郁葱葱的三棵槐树，正是王家几代人修养德行的象征。啊，那是多么美好啊！

范文正公集叙

【题解】

　　这篇文章写于元祐四年(1089年)四月二十一日,当时,苏轼从翰林学士、知制诰兼侍读改任杭州知州,即将离京。

　　这篇文章前面是叙述对范仲淹的景慕之情,中间是通过范公所上万言书,以及尔后为将,为执政等事业功勋,赞美他预见的正确性,也就是赞美范公高瞻远瞩的政治眼光;文末才概说这本文集的内容和价值。文章叙事业整,情文并茂。文末引用孔子的"有德者必言",给这个集子作了准确而崇高的评价。

【原文】

　　庆历三年,轼始总角入乡校[1],士有自京师来者,以鲁人石守道[2]所作《庆历圣德诗》示乡先生。轼从旁窃观,则能诵习其词,问先生以所颂十一人者[3]何人也?先生曰:"童子何用知之?"轼曰:"此天人也耶,则不敢知;若亦人耳,何为其不可?"先生奇轼言,尽以告之,且曰:"韩、范、富、欧阳,此四人者,人杰也!"时虽未尽了,则已私识之矣。

　　嘉祐二年,始举进士,至京师,则范公没,既葬,而墓碑[4]出,读之至流涕,曰:"吾得其为人,盖十有五年[5],而不一见其面,岂非命欤!"是岁登第,始见知于欧阳公,因公以识韩、富,皆以国士[6]待轼,曰:"恨子不识范文正公。"其后三年,过许,始识公之仲子今丞相尧夫[7]。又六年,始见其叔彝叟京师[8]。又十一年,遂与其季德儒同僚于徐[9]。皆一见如旧,且以公遗稿见属为叙。又十三年[10],

乃克为之。

呜呼！公之功德盖不待文而显，其文亦不待叙而传。然不敢辞者，以八岁知敬爱公，今四十七年矣。彼三杰者皆得从之游，而公独不识，以为平生之恨；若获挂名其文字中，以自托于门下士之末，岂非畴昔之愿也哉。

古之君子，如伊尹、太公、管仲、乐毅之流，其王霸之略，皆定于畎亩[11]中，非仕而后学者也。淮阴侯见高帝于汉中，论刘项短长，画取三秦，如指诸掌，及佐帝定天下，汉中之言，无一不酬者[12]。诸葛孔明卧草庐中，与先主论曹操孙权，规取刘璋，因蜀之资，以争天下，终身不易其言[13]。此岂口传耳受，尝试为之，而侥幸其或成者哉？公在天圣中，居太夫人忧，则已有忧天下致太平之意，故为万言书以遗宰相，天下传诵[14]。至用为将[15]，擢为执政[16]，考其平生所为，无出此书者[17]。今其集二十卷，为诗赋二百六十八，为文一百六十五。其于仁义礼乐、忠信孝弟，盖如饥渴之于饮食，欲须臾忘而不可得。如火之热，如水之湿，盖其天性有不得不然者。虽弄翰戏语，率然而作，必归于此。故天下信其诚，争师尊之。孔子曰："有德者必有言[18]。"非有言也，德之发于口者也。又曰："我战则克，祭则受福。"非能战也，德之见于怒者也。

【注释】

[1]总角入乡校：《东坡志林》卷二："吾八岁入小学，以道士张易简为师。"[2]石守道：《宋史·石介传》："石介，字守道，兖州奉符人。庆历中，宰相吕夷简以疾罢归第，而杜衍代夏竦为枢密史，又命范仲淹、富弼、韩琦为枢密副使，欧阳修、余靖、蔡襄同时为谏官。介于是喜曰：'此盛事也，歌颂吾职，其可已乎。'"作《庆历圣德诗》。[3]所颂十一人者：即杜衍、章得象、晏殊、贾昌朝、范仲淹、富弼、韩琦、欧阳修、余靖、王素、蔡襄。[4]墓碑：欧阳修作《资政殿学士户部侍郎文正范公神道碑铭》，富弼作《墓志铭》。[5]十有五年：庆历三年（1043年）至嘉祐二年（1057年）相距十五年。[6]国士：是一国中的杰出之人。[7]始识公之仲子今丞相尧夫：嘉祐五年（1060年）苏轼服母丧毕自蜀返京，过许（今河南省

许昌),遇到范仲淹次子范纯仁,字尧夫。范仲淹有四个儿子:纯佑、纯仁、纯礼、纯粹。[8]始见其叔彝叟京师:治平二年(1065年)苏轼罢凤翔签判至京师任职,遇到范仲淹第三子范纯礼,字彝叟。[9]与其季德孺同僚于徐:熙宁十年(1077年)苏轼自密州改知徐州,时范仲淹的第四子(幼子)范纯粹,字德孺,知滕县,属徐州,故称同僚。[10]又十三年:自熙宁十年至元祐四年,为十三年。[11]伊尹、太公:见《留侯论》注。管仲:名夷吾,佐齐桓公,国力大振,使齐桓公成为春秋时的第一霸主。乐毅:燕国名将,燕昭王任为亚卿,大胜齐军,连下七十余城。畎亩:田地中间的沟。这里是田间的意思。[12]无一不酬者:《史记·淮阴侯列传》:韩信初见刘邦,向他献策,说:"项王虽霸天下而臣诸侯,不居关中而都彭城。……所过无不残灭者,天下多怨,百姓不亲附,特劫于威强耳。"而"大王(刘邦)之入武关,秋毫无所害,除秦苛法,与秦民约法三章耳,秦民无不欲得大王王秦者。""今大王举而东,三秦可传檄而定也。"齐王采纳其策,举兵定了三秦。[13]终身不易其言:指刘备三顾茅庐,诸葛亮隆中对策,建议联合孙权,共同对抗曹操,先取荆州、益州为根据地。钱东湖说:"以文正公配淮阴侯、诸葛武侯,言其平生经略素定,非偶然得勋取者,见此集为有用之书。"[14]天下传诵:《宋史·范仲淹传》:范仲淹于天圣时"徙监楚州粮料院,母丧去官。晏殊知应天府,闻仲淹名,召置府学。上书请择郡守、举县令、斥游惰、去冗僭、慎选举、抚将帅,凡万余言。"后在庆历新政时,又上明黜陟、抑侥幸、精贡举、择长官、均公田、厚农桑、修武备、推恩信、重命令、减徭役等十事。[15]至用为将:康定三年范仲淹任陕西经略安抚副使,庆历二年改任陕西四路经略安抚招讨使。[16]擢为执政:庆历三年春范仲淹任枢密副使,秋改任参知政事。[17]无出此书者:《容斋续笔》卷三《一定之计》:"人臣之遇明主,于始见之际,图事揆策,必有一定之计,据以为决,然后终身不易其言,则史策书之,足为不朽。东坡序范文正公之文,盖论之矣。……"[18]有德者必有言:语出《论语·宪问》。

【译文】

宋仁宗庆历三年(1043年),我刚刚结着两个小发髻到小学去念书,有个从京城来的读书人,拿山东人石守道写的庆历圣德诗给小学老师看。我也在旁边悄悄地看这首诗,并且能够把它背诵出来,我问老师诗里面赞颂的十一个人是哪些人呢?老师说:"小孩子不必知道这些。"我说:"倘若他们是天上的神仙,我就不必知道;如果他们也是人,为什么我不可以知道呢?"老师对我的话感到奇特,也就把十一个人的姓名全告诉了我,并且还说:"这十一个人当中的韩琦、范仲淹、富弼和欧阳修四个,是最杰出的人哩!"当时我虽然并不完全了解先生所说的意思,但我已称是私下认识他们了。

嘉祐二年(1057年)我才考取进士，去到京城时，范仲淹先生已经逝世、安葬，读到欧阳修先生写的《范公神道碑铭》，和富弼先生写的《墓志铭》，我忍不住流出了眼泪，说："我知道先生的道德文章已有十五年，但见上一面的机会都没有了，这岂不是命运在捉弄人么？"就在那一年，我被取中进士，才被欧阳公认识，通过欧阳先生认识了韩琦先生和富弼先生，他们都把我看成一个杰出人物，说："可惜你没有能够见到范文正公。"在这之后三年，我服完母丧从蜀中回京城，经过许城(今河南许昌)，才认识了范先生的二公子、现在的丞相范尧夫。又过了六年，我在凤翔签判任满回京师时，才见到三公子范彝叟。再隔了十一年，我从密州改任徐州知州，就同当时任滕县知县的四公子范德孺同事。我同他们都是一见面就像老朋友那样亲近，并且嘱托我给范文正公的遗稿写叙。然而却又过了十三年，我才写成了这篇叙文。

啊！先生的功勋和德行当然不是要等这篇文章来宣扬，他的文章也不是要等这篇叙言才能传世。但我不敢推辞写这篇文章的原因是，我从八岁起就知道敬爱的范先生，到现在已经四十七年了。韩琦、富弼和欧阳修三位杰出人物都得到同范先生交游的机会，而范先生就独不认识我，我把这看成是这一生的遗憾；如果能获得在范先生的文稿上挂上我的名字，使我能寄名学范公的学生行列的末尾，这岂不就是我过去的一贯愿望么。

古时候的贤臣名将如商汤之伊尹，周武王时的姜太公，齐桓公时的管仲，以及燕昭王昭王时的亚卿乐毅等人，他们辅佐贤君实现其登王位称霸主的大政方略，都是他们还是平民百姓的时候就谋划好了的，并不是当上大臣以后才学会的。淮阴侯韩信在汉中初次见到汉高祖刘邦，谈论刘邦同项羽各自所具备的长处和短处，出谋划策夺取三秦，就像对自己的指头和手掌那样清楚，后来辅佐汉高祖平定天下，他在汉中所分析的情况，拟定的策略没有一件不实现的。诸葛亮住在隆中的茅屋里，同刘备议论天下大势，分析了曹操和孙权各自具有的优势，策划夺取刘表的荆州和刘璋的益州，倚仗蜀中的资源，同曹魏和孙吴争夺天下，诸葛亮坚定不移地为这个目标奋斗了一生。这岂能够是听到别人的建议就去试着做，企图凭侥幸而获得成功的么？范文正公在天圣五年为太夫人居丧期间，本着忧天下、致太平的意愿，写了万言书送给宰相，全国为之轰动。到范公累任陕西安抚招讨使，后来又升任枢密副使，再迁参知政事，考察范公一生的所作所为没有超出这份万言书所包容的范围。范文正公这部集子共二十卷,其中有诗赋二百六十八首,文章一百六十五篇。这些诗文的内容,以于仁义礼乐、忠信孝悌,就像又饿又渴的人需要吃食饮水那样,想暂时忘记一会儿也办不到。像火是炽热的,水是潮湿的,任何事物的自然属性都是改变不了的。范文正公即使在笔下有几句玩笑话,文章即使写得直率随意些,但最后必然归结在仁义礼乐、忠信孝悌这个基本思想上,因此人们都信服他的诚挚,争着尊敬他为老师。孔子在《论语》中说:"有道德的人一定会著书立说。"并不是非要著书立说,是因为道德是需要阐述的。孔子又在《礼记》中说:"我每次辩论都能胜,祭祀也能得到福祐。"并不是非要比个高下不可,是因为有道德的人总是表现出强盛的气势的缘故。

江行唱和集叙

【题解】

嘉祐四年（1059年）十月，苏洵和苏轼、苏辙三父子从嘉州（今四川省乐山市）乘船顺江而下，十二月到达江陵驿。一路上父子三人随感而发，写了一百篇诗文，汇成集子，名为《江行唱和集》。这篇文章是苏轼为这个集子写的叙（即序）。苏轼认为文章作者是在生活中有了感触而抒发出来的，从来的好文章都不是勉强作出来的，而是作者到了不吐不快、不能不写的情况下才能写出好文章来。这种写作观点至今仍很有现实意义。

【原文】

夫昔之为文者，非能为之为工，乃不能不为之为工也。山川之有云雾，草木之有华[1]实，充满勃郁[2]，而见于外，夫虽欲无有，其可得耶？自闻家君之论文[3]，以为古之圣人有所不能自己而作者。故轼与弟辙为文至多，而未尝敢有作文之意[4]。

己亥之岁，侍行适楚[5]，舟中无事，博弈[6]饮酒，非所以为闺门之欢[7]。而山川之秀美，风俗之朴陋，贤人君子之遗迹，与凡耳目之所接者，杂然有触于中，而发于咏叹。盖家君之作，与弟辙之文皆在，凡[8]一百篇，谓之《南行集》。将以识[9]一时之事，为他日之所寻绎[10]，且以为得于谈笑之间，而非勉强所为之文也。时十二月八日，江陵驿书。

【注释】

[1]华:同"花"，美丽而又有光彩。[2]勃郁:旺盛繁茂，形容生机勃勃的样子。[3]家

君:对别人称自己的父亲为家君。自闻家君之论文:苏洵在《仲兄字文甫说》中,用风水相遭而成文作比喻,认为"无意乎相求,不期而相遭,而文生焉""非能为文,而不能不为文"的作品,才是"天下之至文"。苏轼的论文受他父亲的影响很大。[4]未尝敢有作文之意:不敢有意地为作文而作文。[5]侍行:指侍从父亲旅行。适楚:到楚。[6]博弈:下棋。[7]非所以为闺门之欢:是说没有办法像在家里那样安乐。[8]凡:共。[9]识:志,指记下当时的事情。[10]寻绎:寻思、推求。谢惠连《雪赋》:"王乃寻绎吟玩,抚览扼腕。"

【译文】

过去写文章的人,并不是他能够写就会写出好文章,而是到了他不能不写的时候才会写出好的文章来。如同高山大江会发生云雾,草木植物会开花结果的道理一样,是由于内在的充溢和蕴积到了一定程度,才能呈现为云雾花果;就是想不呈现出来,也是办不到的。我听我父亲议论写论作,他认为古时候的圣贤都是到了不吐不快、不能不写的时候才写文章的。因此我同弟弟苏辙写的文章虽然很多,但从来没有为了写作而写作的意思。

嘉祐四年己亥这一年,我们跟随父亲到湖北一带,在船上没有其他事情,每天就是下棋喝酒,没有像在家里那样舒适欢乐,然而我们观赏了明秀美丽的河山,看到了沿途百姓那纯朴简陋的风俗习惯,游览了许多名胜古迹,凡是眼睛看见、耳朵听到的这许多多人情事物,使我们心中产生许多感触,于是就抒发写作出一些诗文。把父亲的作品、弟弟的文章连同我自己的诗文收在一起,共有一百篇,就称它为《南行集》(即《江行唱和集》)。用它来记录这一段时间的事情,提供以后日子里的追思和忆念,并且我认为这些诗文都是在随意谈论的欢乐气氛中,自然抒发而写成的,并不是那种勉强硬逼出来的文章。十二月八日写于江陵驿。

书蒲永升画后

【题解】

　　这是一则品评蒲永升的画的题记,事实上也就是一篇艺术小评论。文末已经注明,是苏轼元丰三年(1080年)十二月十八日贬任黄州团练副使期间写的。据郭若虚《图画见闻志》记载,苏轼这篇文章是写给"成都僧惟简"的。

　　蒲永升是北宋画家,成都人,最善画水,所以这篇文章又名《画水记》。

　　苏轼本人就称得上是个画家,他懂得怎样欣赏画,因此,这篇文章写得既深刻又在行。文章里关于画水优劣的具体差别,以及水画活了能给观画人的形象感受,写得非常生动,使人有身临其境的感觉。如果不是苏轼对画了解得十分深刻,是写不出这样的文字来的。

　　这篇文章本来是品评蒲永升的画,但苏轼从活水和死水的截然不同说起,纵横捭阖,引古论今,信手拈来,皆成文章。文字生动形象,活泼犀利,对古今画家的褒贬,无不为了衬托突出蒲永升,正所谓红花绿叶,各得其所,得之自然,不见得就是定论。

【原文】

　　古今画水多作平远细皱,其善者不过能为波头起伏,使人至以手扪之,谓有窪隆,以为至妙矣[1]。然其品格,特与印板水纸争工拙于毫厘间[2]耳。

　　唐广明[3]中,处士孙位[4]始出新意,画奔湍巨浪,与山石曲折,随物赋形,尽水之变,号称神逸[5]。其后蜀人黄筌、孙知微[6]皆得其笔法。始知微欲于大慈寺寿宁院壁作湖滩水石四堵,营度[7]经岁,终不肯下笔。一日,仓皇入寺,索笔甚急,奋袂如风,须臾而成。作输泻跳蹙之势,洶洶[8]欲崩屋也。知微既死,笔法中绝五十余年。

  近岁成都人蒲永升,嗜酒放浪,性与画会,始作活水,得二孙本意,自黄居寀兄弟、李怀衮[9]之流,皆不及也。王公富人或以势力使之,永升辄嘻笑舍去,遇其欲画,不择贵贱,顷刻而成。尝与余临寿宁院水,作二十四幅,每夏日挂之高堂素壁,即阴风[10]袭人,毛发为立。永升今老矣,画亦难得,而世之识真者亦少。如往时董羽[11]、近日常州戚氏[12]画水,世或传宝之。如董、戚之流,可谓死水,未可与永升同年而语[13]矣。元丰三年十二月十八日夜,黄州临皋西斋戏书。

【注释】

[1]扪:摸。以为至妙也:沈括《梦溪笔谈》卷十七《书画》:"又有观画而以手摸之,相传以为色不隐指者(手指摸得出颜色)为佳画。"又,范镇《东斋记事》卷四云:"又有赵昌者,汉州人,善画花。每晨朝露下时,绕栏槛谛玩,手中调采色写之。自号'写生赵昌'。人谓:'赵昌画染成,不布采色,验之者以手扪摸,不为采色所隐,乃真赵昌画也。'"[2]品格:有高下等级之分。特:仅,只。工拙:精妙笨拙。指绘画的技法而言。毫厘间:即相差无几,或不相上下而已。[3]广明:唐僖宗(李儇)年号。[4]处士:有才德而隐居、不出来做官的人。孙位:唐朝末年画家,初名位,改名遇,居会稽山,号会稽山人。黄巢攻克长安,孙位由长安到四川,居成都。他擅长画人物、鬼神、龙水、松石、墨竹。画龙和水尤其其著名,笔精墨妙,雄状气象,不可一一记述。[5]奔湍:奔腾的急流。随物赋形:随着所遇山石形状的不同而描绘出水的不同形态。神逸:即神韵十足。[6]黄筌:字要叔,成都人,是五代后蜀画家,为翰林待诏,后官至如京副使。他善画花竹翎毛、佛道人物、山川龙水。超过他的三位师父。(花鸟以处士为师、山水以李升为师,人物龙水以孙位为师。)孙知微:字太古,眉州彭山(今四川省彭山县)人,是宋代的画家。他善画山水、仙官、星辰、人物。他性情高洁,不娶,隐居于大面山,时常往来于导江和青城,所以,这两个地方的人家都藏有他的很多画,亦藏画于成都。寿宁院《十一曜》画得很精妙,有先君(父亲)题记在上面。[7]堵:墙的量度单位长和高各一丈为一堵。营度:谋求、酝酿。这里指构思如何绘画。[8]奋袂如风:是说挥臂作画,衣袖摆动的样子。输泻:倾泻。跳蹙:形容水波急

促跳跃的样子。汹汹:水势飞腾奔涌的样子。[9]黄居寀:字伯鸾。是黄筌的第三子。他继承家法。善画花竹翎毛。曾在后蜀、北宋担任宫廷画师。他的两个哥哥黄居实、黄居宝都善于绘画。李怀衮:成都人,亦是善画山水,又能画木石、翎毛。[10]临:临摹。临寿宁院水:是以寿宁院中孙知微所画的水为范本,把它临摹下来。阴风:凉风。[11]董羽:字仲翔,俗号董哑子,毗陵(今江苏省常州市)人。善画龙水海鱼。曾在南唐和北宋担任过宫廷画师。[12]戚氏:宋朝毗陵人中善于画水的有戚化元、戚文秀。[13]同年而语:即相提并论。

【译文】

从古到今,画家画水大多数把水面画成平静深远的细密皱纹,其中画得好的也不过能够画出起伏的波头,使看画的人到了要用手去摸它,认为画面上会有高低不平的地方,这就是画得最好的了。但是这种画的品得格调,如果同印板水纸的精粗比较,也不过只有细微的差别罢了。

唐代广明年间,东越处士、会稽山人孙位,在画水创出新意,他画奔腾湍急的巨浪,和弯曲回旋的山石河道,依随着这山石河道的曲折起伏变化,写出水流的不同形态。由于他画尽了流水的各种各样的形态变化,人们称赞他画的水有种飘逸自然的神韵。在孙位以后,五代后蜀画家黄筌,宋代画家孙知微都学到了孙位的笔法。起初,孙知微打算在成都的大慈寺寿宁院的四堵墙壁上画上湖滩水石壁画,但他构思准备了一年,始终不肯动手画。有一天,只见他匆匆忙忙地跑进大慈寺,叫人赶快把笔墨拿来,挥舞着手臂,使衣像在风里飘动一样,只花了很短的时间,四幅壁画便完成了。画上的水流那奔腾、倾泻、跳荡、湍急的势头,汹涌澎湃好像要把房子冲倒。孙知微去世后,这种笔法中断不见了有五十多年的时间。

近年来,成都人蒲永升,喜欢喝酒,自由放荡不受拘束,他的秉性非常适合画画,他一开始画活水,就学习揣摩到了孙位、孙知微活水的笔法真意,就是开创画活水画的前辈黄筌的儿子黄居寀、黄居实和李怀衮这些画家都赶不上他。那些达官贵人绅商富豪凭着权势来要他画画,永升就嘻嘻哈哈地掉头就走,遇到他自己想画画的时候,他就不分求画的人的地位高低,马上就给人家画好。他曾经给我临摹寿守院壁上,孙知微画的那四幅画水的壁画,画了二十四幅,每当暑热夏天,把这些画挂在高大的厅堂那光光的墙壁上,就会感到一种阴凉的风吹来,使你的头发和周身汗毛都竖起来。现在永升已经上了岁数,他的画也很难求到了,但世上真正的能够欣赏永升的画的人也很少。如在南唐和北宋当过宫廷画家的董羽,以及当前常州的戚文秀、戚化元等人画的水,人们都把它作为值得传继的宝贝。其实,像董羽、戚氏这类画家画的水,可以叫作死水,根本不能够同永升画的水相提并论。元丰三年十二月十八日夜,黄州临皋西斋戏书。

书吴道子画后

【题解】

本文作于元丰八年(1085年)十一月。这一年的三月哲宗皇帝即位,苏轼五月就奉旨任登州知州,十一月到登州任上,不久又调回京城任起居舍人,结束了多年的贬谪生活。

苏轼在文中对吴道子的画技推崇备至,《唐宋八家文读本》说:"举一画而他可类推。道子之画,子瞻之评,惟圣神于此艺者能之。"说明由于苏轼懂画,他对吴道子画的评价不是庸俗的吹捧,而是非常中肯的。

【原文】

知者创物,能者述焉,非一人而成也。君子之于学,百工之于技,自三代历汉至唐而备矣。故诗至于杜子美[1],文至于韩退之[2],书至于颜鲁公[3],画至于吴道子,而古今之变,天下之能事毕矣。道子画人物,如以灯取影,逆来顺往,旁见侧出,横斜平直,各相乘除[4],得自然之数,不差毫末。出新意于法度之中,寄妙理于豪放之外。所谓游刃余地[5],运斤成风[6],盖古今一人而已。余于他画,或不能必其主名,至于道子,望而知其意伪也。然世罕有真者,如史全叔所藏,平生盖一二见而已。元丰八年十一月七日书。

【注释】

[1]杜子美:即唐朝诗人杜甫。[2]韩退之:即韩愈。[3]颜鲁公:即颜真卿,字清臣,封鲁郡公。大书法家。[4]乘除:增减。比喻人或事物的消长盛衰。韩愈《三星行》诗:"名声相乘除,得失少有余。"[5]游刃余地:即《庄子·养生主》所载庖丁解牛一事。见《文

与可画筼筜谷偃竹记》的注释。[6]运斤成风:《庄子·徐无鬼》:"郢人垩(白粉)浸其鼻端,若蝇翼,使匠石斫之。匠石运斤(斧头)成风,听而斫之,尽垩而鼻不伤,郢人立不失容。"是比喻手法熟练,神乎其技。

【译文】

　　有知识的人进行的创造发明,有技能的人进行的言传身教,都是通过代代相传和无数积累,并不是一个人就能完成的。读书人的学识,各种工匠的技艺,从夏商周三代,经历了汉朝再到唐代,可以说各种学科和工艺门类都已经相当完备了。所以说,写诗的最高成就是杜甫,文章写得最好的是韩愈,颜真卿是书法大家,吴道子的画也已臻于化境,经过历代的发展变化,他们就集中体现了这些门类的精华。吴道子画的人物,就像在灯光映照下画下来的活人影子,不论选什么方向,取什么角度,画正面还是侧面,所画人物各部位的比例增减都符合人体标准,一点细微的差错都没有。他在严格遵守自然法则的前提下,努力创作出新意,在豪放不羁之外去寄托和体现他关于绘画的高明精妙理论。我们常说的"庖丁解牛,游刃有余"和"匠石运斤(斧头)成风,尽垩而不伤鼻",这些故事中的人物,古往今来恐怕就只有这么一个罢了。我对于其他人的画,看了以后也许说不出画家的名字来,但对吴道子的画,我只要看上一眼就能分辨出它的真假来。然而世上真正吴道子的画很少,如像史全叔收藏的吴道子的画,我这辈子也只见到过一两家罢了。元丰八年十一月七日书。

方山子传

【题解】

本文是苏轼谪居黄州期间,为他的老友陈慥即方山子所作的传记。陈慥出身世族,后来避世隐居在光州和黄州之间的岐亭。本文只记叙他少年任侠到折节读书,而以"终不遇"到抛弃现存富乐而独来穷山隐居,撷取不多几件事,其人物形象神态却栩栩如生。苏轼对这个年轻时使酒好剑,用财如粪土的贵公子,现在自得其乐地过着清苦的生活,感到极大惊异,他提出的"岂无得而然",是对方山子隐居生活的赞颂和欣赏。通篇就写侠、隐二字,写侠豪迈生动;写隐感慨淋漓,东坡传神妙笔,方山子可以藉此而不朽。

【原文】

方山子,光、黄[1]间隐人也。少时慕朱家、郭解为人[2],闾里之侠皆宗之[3]。稍壮,折节[4]读书,欲以此驰骋当世,然终不遇。晚乃遁于光、黄间,曰岐亭[5]。庵居蔬食,不与世相闻;弃车马,毁冠服,徒步往来山中,人莫识也。见其所著帽,方耸而高[6],曰:"此岂古方山冠[7]之遗像乎?"因谓之方山子。

余谪居于黄[8],过岐亭,适见焉。曰:"呜呼!此吾故人陈慥季常也,何为而在此?"方山子亦矍然[9]问余所以至此者。余告之故。俯而不答,仰而笑,呼余宿其家。环堵萧然[10],而妻子奴婢皆有自得之意。余既耸然异之。

独念方山子少时,使酒[11]好剑,用财如粪土。前十有九年,余在岐下[12],见方山子从两骑,挟二矢,游西山。鹊起于前,使骑逐而射之,不获;方山子怒马独出[13],一发得之。因与余马上论用兵及古今成败,自谓一世豪士,今几日[14]耳,精悍之色,犹见于眉间,而岂山中之人哉?

然方山子世有勋阀[15],当得官,使从事于其间,今已显闻。而其家在洛阳,园宅壮丽,与公侯等;河北有田,岁得帛千匹,亦足以富乐。皆弃不取,独来穷山中,此岂无得而然哉!

余闻光、黄间多异人,往往阳狂垢污[16],不可得而见,方山子傥见之与!

【注释】

[1]光、黄:二州名,光州(在今河南省潢川县)和黄州,两州邻界。[2]朱家、郭解:都是西汉时著名的游侠。专门趋人之急,济人之危。[3]闾里之侠:民间的侠义之人。宗之:崇拜他。[4]折节:改变原来的志向和行为。[5]岐亭:宋时的镇名,在今湖北省麻城县西南。[6]方:方形。[7]方山冠:前高七寸,后高三寸,长八寸,以五采縠为之。汉朝祭祀时乐师用的;唐、宋时为隐士戴的帽子。[8]余谪居于黄:苏轼贬谪到黄州。[9]矍然:惊讶相看的样子。[10]环堵萧然:指住所简陋,室内空无所有。堵,墙。[11]使酒:喝醉酒后任性而行。[12]岐下:岐山。凤翔有岐山。[13]怒马独出:激马使其发怒而奔驰。[14]几日:回想起来不过才几天光景。[15]世有勋阀:世代著有功勋。陈希亮字公弼,官至太常少卿,当荫补子时,常常先其族人,没有照顾到他的儿子慥。[16]阳狂垢污:假装癫狂,故意弄成垢污不洁的样子,表示不愿为人所知。

【译文】

方山子是光州、黄州间一位隐士。他少年时仰慕朱家、郭解那样的行侠做人,民间的侠义之士都很推崇他。年纪稍长以后,他改变了以往的志向操守,努力读书,想以学识来施展抱负,但始终没有遇上机会。晚年才隐居光州、黄州之间的岐亭镇。住的是草屋,吃的是素食,不再过问世事;放弃乘车骑马,不穿戴整齐的帽子衣服,在山中步行来往。人们都不认识他,只是看到他戴着高高的方形帽子,就说:"这岂不就是古代方山冠的样子吗?"因此就叫他方山子。

我贬官到黄州,有一次路过岐亭,刚巧碰见他。我说:"啊!这是我的老友陈慥季常,你为什么在这里?"方山子也吃惊地问我为什么到这里来了。

我把谪居黄州的原因告诉了他。他起初低着头没有答话,接着就仰面笑了起来,叫我到他家去住。他家非常简陋,屋里空空的没有什么家具摆设,但他的妻子奴仆都表现得很愉快,很满意。我感到非常惊奇。

我心想陈慥年轻时候,好喝酒使性,舞刀弄剑,并且疏财仗义。十九年前,我在岐山下看到陈慥带着两个骑马的随从,挂满两壶箭去游西山。一次乌鹊在前面飞起,他叫随骑追上去射它,没有射中;陈慥猛鞭坐骑,独自狂奔飞驰,一箭就把乌鹊射下来了。于是他同我在马上谈论用兵打仗的道理和古往今来一些成功和失败的故事,自识为是当代的英雄豪杰。回想起来,似乎还是不多几天的事,那精明强悍的神采还可以从他眉宇间隐约看到,这哪里像是山中的隐士呢?

陈慥出身在贵勋世族的家庭,如果补荫做官,现在已经通显闻名了。他的老家在洛阳,宅第的宏伟园林的壮丽同公侯人家一样;黄河以北还有很多田产,每年可收租税布帛上千匹,也足可以过富裕欢愉的生活。但他把这些全部放弃了,独自来到这穷山沟里,这难道没有他独到的修养就能如此的吗?

我听说光州、黄州一带有很多奇人,他们往往装成疯疯癫癫,浑身污秽,一般见不到他们,方山子或许见到了他们吧!

上梅直讲[1]书

【题解】

这是嘉祐二年(1057年)苏轼中进士后,给梅尧臣写的一封信。当时梅尧臣任国子监直讲,是苏轼考进士时的编排评定官员。他把苏轼的《论刑赏》推荐给主试的欧阳修。欧阳修感到惊喜,把他看作奇特的人,想取他为第一名,这封信主要叙述遇到梅尧臣这个知己的快乐心情。通篇贯串一种知遇之乐,意义高雅,文词潇洒雄健,如天际白云,卷舒自如。文章里那种不重富贵,而把师友相知作为人间很大快乐的议论,真可以使千百年来人际间那种充满势利之心的庸风恶俗为之一清。

【原文】

某官执事:轼每读《诗》至《鸱鸮》[2],读《书》至《君奭》[3],常窃悲周公之不遇。及观《史》[4],见孔子厄于陈、蔡之间,而弦歌之声不绝。颜渊、仲由之徒,相与问答。夫子曰:"匪兕匪虎,率彼旷野[5],吾道非耶?吾何为于此?"颜渊曰:"夫子之道至大,故天下莫能容;虽然,不容何病?不容然后见君子。"夫子油然而笑[6]曰:"回!使尔多财,吾为尔宰[7]。"夫天下虽不能容,而其徒自足以相乐如此。乃今知周公之富贵,有不如夫子之贫贱。夫以召公之贤,以管、蔡之亲[8],而不知其心,则周公谁与乐其富贵?而夫子之所与共贫贱者,皆天下之贤才,则亦足与乐乎此矣[9]!

苏轼七八岁时,始知读书。闻今天下有欧阳公者,其为人如古孟轲、韩愈之徒;而又有梅公者,从之游,而与之上下其议论[10]。其后益壮,始能读其文词,想见其为人,意其飘然脱去世俗之乐而自乐其乐也。方学为对偶声律之文,求升斗之禄,自度无以进见于诸公之间。来京师逾年[11],未尝窥其门。今年春,天下之士群至于礼部[12],执事与欧阳公实亲试之,诚不自意,获在第二。既而闻之人,执事爱其文,以为有孟轲之风,而欧阳公亦以其能不为世俗之文也而取焉。是以在此,非左右为之先容[13],非亲旧为之请属,而向之十余年间闻其名而不得见者,一朝为知己。退而思之,人不可以苟富贵,亦不可以徒贫贱[14],有大贤焉而为其徒,则亦足恃矣!苟其侥一时之幸,从车骑数十人,使闾巷小民聚观而赞叹之,亦何以易此乐也!《传》曰:"不怨天,不尤人[15]。"盖"优哉游哉,可以卒岁。"执事名满天下,而位不过五品,其容色温然而不怒,其文章宽厚朴而无怨言,此必有所乐乎斯道也[16]。轼愿与闻焉。

【注释】

[1]上梅直讲:嘉祐二年(1057年)苏轼中进士后给梅尧臣(梅圣俞)的信。梅尧臣当时任国子监直讲,是这次考试的编排评定官。[2]《鸱鸮》:是《诗经·豳风》的篇名。《毛诗序》:"《鸱鸮》,周公救乱也。成王未知周公之志,公乃为诗以遗王,名之曰《鸱鸮》焉。"该诗是托鸟来说明周公自己的愿望,并且诉说了他的处境之艰难。[3]《君奭》:是《尚书》的篇名。召公名奭。当太保,周公当太师,是成王的左右大臣。召公奭误信了周公要篡位的流言,对周公很不高兴。周公著了《君奭》来辩明自己对成王是忠心的,没有异志。并且与召公奭互相勉励,共同来辅佐成王。[4]《史》:指《史记·孔子世家》,记载子孔子困于陈、蔡之间的事情。[5]匪兕匪虎,率彼旷野:见《诗经·小雅·何草不黄》,是说我不是野兽,却在旷野里行走。兕,一种野牛。[6]油然而笑:自然而温和地笑。[7]宰:掌管,说明孔子师徒虽处困境但仍然戏笑乐观。[8]管、蔡之亲:周公的弟弟管叔(名鲜)、蔡叔(名度),他们散布周公将要篡位的流言。召公很贤,但却相信周公的弟弟们所散布的流言。[9]周公谁与乐其富贵?而夫子之所与共贫贱者:周公虽然很富贵,但他的亲生弟弟们和他共事的召公都不相信他的忠心,所以周公生活得不快乐;孔子虽然很穷,但却很快乐,所以周公不如孔子。[10]而与之上下其议论:互相讨论,或发挥、商量。[11]来京师逾年:苏轼于嘉祐元年五月到达京师(开封);九月参加举人考试,中了举人;次年春天再参加进士考试。[12]礼部:旧制度,是掌管考试的部门。[13]非左右为之先容:指欧、梅身边亲近的人,先去推荐或ж说。[14]不可以徒贫贱:不可以安于一般庸的贫贱处境。

[15]不怨天,不尤人:《论语·宪问》:"子曰:'不怨天,不尤人。'"[16]此必有所乐乎斯道也:是赞颂梅公对自己知遇的快乐。

【译文】

某某大人:我每次读到《诗经·豳风》的《鸱鸮》篇和读到《尚书》的《君奭》篇的时候,常常为周公那不好的遭遇暗自悲伤。到后来读《史记》的《孔子世家》,看到孔子师生一行,在陈国去蔡国的路上遇到断粮的困难,但他们仍然安详地没有停止弹琴唱歌的声音。他与颜渊、仲由等这些学生相互问答。孔子问道:"《小雅》的《何草不黄》里说,我不是野牛和老虎,却领着你们在这荒野里奔波,是不是我的理论和方法错了?否则我为什么落到这种地步?"颜渊回答说:"先生的理论伟大极了,所以天下人一时接受不了;虽然一时接受不了,又有什么害处呢?正是从人们的不接受中,才越发证明你的贤明。"孔子自然而温和地笑着说:"颜回啊!如果你有了很多财富,我来帮你管理。"尽管孔子游列国却没有被接受容纳,但他的学生仍然很自信地这样互相嬉笑取乐。现在从这里才懂得周公虽然身居高位钱财很多,却比不上当时贫贱得连吃饭都成了问题的孔夫子。像召公那样的贤臣,也不理解周公辅佐成王的忠诚和苦心,却相信周公的弟弟管叔、蔡叔散布的,所谓周公要篡位的流言,这样,周公还能同什么人一道共同享受富贵的乐趣呢?而同孔夫子一道共同承受贫贱困苦的,又都是天下的贤德而有才干的人,这就有充足的理由为此而高兴了!

我长到七八岁,才开始懂得要读书。听说当前有个欧阳修老先生,他的德智、操守、文章、言行都同古人孟轲老夫子、韩愈老先生那一类的人一样;又还有梅先生追随他,常常同他讨论切磋。后来,我长大了,才开始读欧阳老先生的文章,想像老先生的德行人品,觉得他已经超越了一般世俗的喜好,享受自己具有的崇高典雅的乐趣。我刚刚学习作那种讲对偶循声律的应时文章,以求考举人、中进士、求得做官的俸禄,自己估量是没有资格见到你们诸位先生的。所以,我到京城一年多,没有到先生家去登门拜访。今年春天,各省的举人都到礼部考进士,实际上是梅大人和欧阳前辈亲自主持考试,我完全没有想到取在第二名,后来才听到人家说:梅先生很欣赏我的文章,认为有孟轲老先生的风格,而欧阳前辈也认为我的文章不同于一般世俗文章,于是就取录了。因此,我之所以被录取,并不是通过你们身边的人事先关说过,也不是因为亲戚故旧的关系请你们有意关照,而我却是对你们向往仰慕了十多年,只听到过你们的大名,但从没有见过面的人,一天之间就成为了知己。我又退后一步想,做人当然不可以用苟且行为去谋求富贵,但也不见得要安心于庸俗贫贱的处境。有了大贤人,去当他的学生也是值得骄傲的!假如因为偶然碰上机会,富贵起来,车前马后几十人前呼后拥,让街道上的平民百姓蜂拥围观,赞叹不已,这也无法代替我当上大贤人的学生所得到的欢乐!《论语·宪问》上说:"不埋怨天老爷,也不怪罪别人。"因为《诗经·小雅·采菽》就这样说:"只要自由在,自得其乐,就可以过完这一年了。"梅大人的名声传遍天下,但职位才是五品,但你却脸色温和没有表示愤慨,你在文章中也显得胸襟开阔厚道,性格诚恳朴素,没有发什么牢骚怨言,这一定是你也为得到一个知己而感到满足吧。我非常愿意知道你的意思。